Tucholsky Wagner Zola Scott Sydow Freud Schlegel
Turgenev Fonatne Wallace Walther von der Vogelweide Fouqué Friedrich II. von Preußen
Twain Weber Freiligrath Frey
Fechner Fichte Weiße Rose von Fallersleben Kant Ernst Frommel
Richthofen
Hölderlin
Engels Fielding Eichendorff Tacitus Dumas
Fehrs Faber Flaubert Eliasberg Ebner Eschenbach
Feuerbach Maximilian I. von Habsburg Fock Eliot Zweig Vergil
Ewald
Goethe Elisabeth von Österreich London
Mendelssohn Balzac Shakespeare Dostojewski Ganghofer
Lichtenberg Rathenau Doyle Gjellerup
Trackl Stevenson Hambruch
Mommsen Tolstoi Lenz Droste-Hülshoff
Thoma Hanrieder
Dach Verne von Arnim Hägele Hauff Humboldt
Reuter Rousseau Hagen Hauptmann Gautier
Karrillon Garschin
Damaschke Defoe Hebbel Baudelaire
Descartes
Hegel Kussmaul Herder
Wolfram von Eschenbach Dickens Schopenhauer Rilke George
Bronner Darwin Melville Grimm Jerome
Campe Horváth Aristoteles Bebel Proust
Bismarck Vigny Barlach Voltaire Federer Herodot
Gengenbach Heine
Storm Casanova Tersteegen Grillparzer Georgy
Chamberlain Lessing Langbein Gilm Gryphius
Brentano Lafontaine
Strachwitz Claudius Schiller Kralik Iffland Sokrates
Katharina II. von Rußland Bellamy Schilling
Gerstäcker Raabe Gibbon Tschechow
Löns Hesse Hoffmann Gogol Wilde Vulpius
Gleim
Luther Heym Hofmannsthal Morgenstern
Roth Klee Hölty Goedicke
Luxemburg Heyse Klopstock Kleist
Puschkin Homer Mörike Musil
La Roche Horaz
Machiavelli Kierkegaard Kraft Kraus
Navarra Aurel Musset Moltke
Nestroy Marie de France Lamprecht Kind Kirchhoff Hugo
Laotse Ipsen Liebknecht
Nietzsche Nansen Ringelnatz
Marx Lassalle Gorki Klett
von Ossietzky May Leibniz
vom Stein Lawrence Irving
Petalozzi Knigge
Platon Kafka
Sachs Pückler Michelangelo Kock
Poe Liebermann Korolenko
de Sade Praetorius Mistral Zetkin

Der Verlag tredition aus Hamburg veröffentlicht in der Reihe **TREDITION CLASSICS** Werke aus mehr als zwei Jahrtausenden. Diese waren zu einem Großteil vergriffen oder nur noch antiquarisch erhältlich.

Symbolfigur für **TREDITION CLASSICS** ist Johannes Gutenberg (1400 — 1468), der Erfinder des Buchdrucks mit Metalllettern und der Druckerpresse.

Mit der Buchreihe **TREDITION CLASSICS** verfolgt tredition das Ziel, tausende Klassiker der Weltliteratur verschiedener Sprachen wieder als gedruckte Bücher aufzulegen – und das weltweit!

Die Buchreihe dient zur Bewahrung der Literatur und Förderung der Kultur. Sie trägt so dazu bei, dass viele tausend Werke nicht in Vergessenheit geraten.

Die Hochzeitsreise nach Rom

Ludwig Fulda

Impressum

Autor: Ludwig Fulda
Umschlagkonzept: toepferschumann, Berlin

Verlag: tredition GmbH, Hamburg
ISBN: 978-3-8424-0757-2
Printed in Germany

Ziel der TREDITION CLASSICS ist es, tausende deutsch- und fremdsprachige Klassiker wieder in Buchform verfügbar zu machen. Die Werke wurden eingescannt und digitalisiert. Dadurch können etwaige Fehler nicht komplett ausgeschlossen werden. Unsere Kooperationspartner und wir von tredition versuchen, die Werke bestmöglich zu bearbeiten. Sollten Sie trotzdem einen Fehler finden, bitten wir diesen zu entschuldigen. Die Rechtschreibung der Originalausgabe wurde unverändert übernommen. Daher können sich hinsichtlich der Schreibweise Widersprüche zu der heutigen Rechtschreibung ergeben.

Ludwig Fulda.

Die Hochzeitsreise nach Rom.

(1893.)

Endlich!

Er sagte es mit jenem tiefen, befreiten Aufatmen, das Größerem gelten mußte, als der überstandenen langen Eisenbahnfahrt.

Endlich angelangt an der Hauptstation – endlich dort, wohin alle Wege seines Lebens gewiesen hatten!

»Also das ist Rom – das wirkliche Rom?« rief die junge Frau mit lustiger Ungläubigkeit, während der Zug langsam in die erleuchtete Halle hineinrollte.

»Ja, das ist es!« Seine Stimme zitterte vor Rührung und Erregung; er versuchte, die ungeheuere Bedeutung dieses Augenblickes ganz in sich zu erfassen.

»Du . . . aber der Bahnhof ist nichts weniger als pompös.«

»Roma – Roma!« schrieen die Schaffner und rissen die Coupéthüren auf.

Obwohl sie nun schon mehrere Wochen unterwegs waren, bemerkte er doch jetzt zum erstenmal, wie merkwürdig viel Handgepäck sie mit sich führte. Es dauerte eine hübsche Weile, bis der Facchino die bunte Sammlung von Köfferchen, Kisten, Schachteln und Schächtelchen ausgeladen hatte.

»Fehlt auch nichts?« fragte sie, sorgfältige Musterung haltend. Dann, als er ihr den Arm geboten hatte und in ernstem Schweigen mit ihr dem Ausgang zuschritt, ward sie plötzlich inne, daß sie ihr Riechfläschchen im Coupé hatte liegen lassen. Er rannte zurück, suchte in sämtlichen Coupés erster Klasse, da er die Nummer des seinigen sich nicht gemerkt hatte, und kehrte nach fünf Minuten mit hochrotem Gesicht und fliegendem Atem, das Riechfläschchen in der Hand, zu ihr zurück.

»Ach Gott, hat das lange gedauert,« sagte sie, mehr im Tone der Nervosität als des Vorwurfs. »Das ist aber auch hier ein Gedränge und Gestoße . . .«

Arm in Arm traten sie ins Freie. Am Ausgang blieb er stehen mit verklärten Augen und deutete auf die Mauern der gewaltigen Ruine, die in düsterer, drohender Großartigkeit sich vom hellen Nachthimmel abhob: »Hast du wohl auch eine Ahnung, was dies ist? Das sind die Thermen des Diocletian, mein Herz – ja, ja, die Thermen des Diocletian!«

»Das wirst du mir bei Tage zeigen, Professorchen. Jetzt nur vor allem ins Hotel! Ich habe, mit Respekt zu sagen, einen Hunger . . .«

Sie bestiegen den bereitstehenden Omnibus, in welchem noch drei englische alte Jungfern saßen. »Die drei Grazien – echt antik,« flüsterte sie ihm zu. Er versuchte zu lächeln; aber es wollte ihm nicht recht gelingen.

Während der Fahrt durch die nächtlichen Straßen Roms beobachtete sie mit großem Interesse die drei Engländerinnen, die trotz mangelhafter Beleuchtung ihre Reisehandbücher vor die Nase hielten und einen umfangreichen Arbeitsplan für den nächsten Morgen mit enthusiastischer Unkenntnis beratschlagten. Für ihn dagegen waren die drei nicht vorhanden. Er spähte bald links, bald rechts zum Fenster hinaus, war außerordentlich unruhig, konnte es kaum auf seinem Sitze aushalten und demonstrierte fortwährend: »Jetzt sind wir da und da, und hier um die Ecke liegt das und das.« . . . Trotz vieljähriger Abwesenheit war ihm zu Sinn, als habe er die ewige Stadt niemals verlassen; jeder Stein war ihm vertraut oder wurde es von neuem durch die blitzschnell aufflackernde Erinnerung; jede Straße hatte ihre Geschichte, nicht nur für den Lauf der Welt, sondern auch in seinem eigenen anspruchslosen Lebensläuflein. Die erste Jugend in Rom – ja, die war schön gewesen; aber die zweite sollte schöner werden, bedeutender, fruchtreicher . . . Nun war er ja nicht mehr allein; nun war der geliebte Kamerad an seiner Seite, der seine Genüsse teilen, seine Entwürfe beflügeln sollte. Und er betrachtete im Geist dieses ganze große Rom wie ein selbsterdachtes, selbstgefertigtes Brautgeschenk, das er mit überschwenglicher Liebe und gerechtem Künstlerstolz ihr zu Füßen legen würde.

»Sind wir noch nicht bald da?« fragte sie, tief seufzend.

»Höchstens noch eine Minute, mein Herzchen.«

»Dieses Gerüttel, das kann einen wirklich . . .!«

Der Wagen hielt vor dem stattlichen Portal des Hotels. Die Insassen entwanden sich dem freudlosen Fuhrwerk und wurden im Vestibül vom Oberkellner in Empfang genommen, der sie hierauf dem Zimmerkellner zu weiterer Behandlung übergab. Einen Augenblick trat das junge Paar in die Portierloge, um sich nach angekommenen Briefen zu erkundigen.

»Auf der Hochzeitsreise.«

Der Zimmerkellner raunte es mit verständnisinnigem Lächeln dem Oberkellner zu; doch dieser machte eine halb ablehnende, halb überlegene Miene, welche in Worte übersetzt etwa gelautet hätte: »Das brauchst du Grünschnabel mir erst zu sagen!«

Als der Zimmerkellner nunmehr die ihm anvertraute Schar mit bedeutungsvoller Gelassenheit die Marmortreppe hinaufbegleitete, blieb der Oberkellner breitspurig im Vestibül stehen und schien auf etwas zu warten. Nach einigen Minuten kam sein Untergebener die Treppe wieder herunter. Er ließ ihn erst halb an sich vorbeigehen. »Nun?« fragte er dann im Ton gemachter Gleichgiltigkeit.

Jener drehte pflichtschuldig um und überreichte ihm das Blockbuch, in welches die Neuangekommenen ihren Stand und Namen notieren. Auf den obersten Zettel hatte der Fremde geschrieben: »Professor Heinrich Thoma mit Frau, Berlin.«

»Professor?« sagte der Oberkellner und gab das Dokument mit einer Bewegung zurück, aus welcher unzweifelhaft hervorging, die Sache habe für ihn nur noch das halbe Interesse. Dann aber, in einer plötzlichen Anwandlung leutseliger Vertraulichkeit, flüsterte er dem Zimmerkellner etwas ins Ohr, was bei diesem einen wahren Lachkrampf hervorrief, und schritt hierauf in dem wiedergefundenen Gefühl seiner Würde langsam dem Speisesaale zu.

* * *

Die junge Frau saß an einem Tischchen vor dem Kamin, in welchem ein paar derbe Scheite Holz lustig flackerten. Vor ihr lag der eben eröffnete Brief aus der Heimat. Sie war damit beschäftigt, ihre durch die Reise völlig in Unordnung geratene Frisur mit Hilfe eines dreiteiligen Handspiegels wieder herzurichten.

Ihr Gatte, der inzwischen das Auspacken übernommen, ließ seine Arbeit im Stich und trat hinter ihren Sessel, so daß er ihr jugendfrisches und trotz der langen Reise kaum ermüdet aussehendes Gesicht gerade im Spiegel erblicken konnte. Er fuhr ihr zärtlich über das volle, nur leicht gekräuselte Haar und umwickelte seine Hand mit den nun aufgelöst herabfallenden hellbraunen Flechten. Mit stummem Lächeln sah er einige Zeit in den kleinen Spiegel hinein, und aus dem Spiegel nickte ihm ein Paar vergnügter Schelmenaugen zu.

Ein Rausch der Verliebtheit überkam ihn. Er umschlang sie wild, und während ihr Kopf über die Lehne des Sessels zurücksank, bedeckte er ihren wohlig lächelnden Mund mit unzähligen Küssen.

»Kniee nieder!« befahl sie. »Bete mich an!«

Er gehorchte wie ein gut erzogenes Kind. Er kniete vor ihr und sah mit so glühender Andacht zu ihr empor, als ob neue, göttliche Offenbarungen des gläubigen Beters harrten.

Sie weidete ihren Blick an der völligen, rückhaltlosen, unbegrenzten Hingebung, die aus seiner festgebannten Haltung, seiner sehnsüchtig verlangenden Miene zu ihr sprach. »So gefällst du mir; so will ich dich immer, immer haben. Auf der ganzen Welt soll es für dich nie, nie etwas Heiligeres geben als deine Liebe zu mir. Schwöre mir das!«

»Ich schwöre.«

Sie beugte sich rasch zu ihm nieder, nahm sein bärtiges Haupt zwischen beide Hände und drückte einen flüchtigen Kuß auf seine Lippen – den ersten, den sie ihm heute gegeben.

»Weißt du, Heinrich – aber du darfst mich nicht auslachen . . .«

»Was denn?«

»Vor diesem Tag habe ich eine gewisse Angst gehabt.«

»Angst?«

»Oder vielleicht war's auch so was Aehnliches wie Eifersucht. Ich dachte mir, wenn du erst in deinem Rom bist, dann hab' ich dich nicht mehr so ganz, so ausschließlich . . . dann bin ich dir nicht mehr alles . . . Jawohl, jawohl; schüttle nicht den Kopf; es hilft dir nichts. Rom ist nun einmal deine erste Liebe, und on revient toujours . . .«

Noch immer knieend ergriff er ihre beiden Hände und heftete seine guten, ehrlichen Augen fest an die ihren.

»Kind, Kind, warum habe ich dich denn hierher geführt? Damit ich das Höchste, was die Erde bisher für mich enthielt, mit dir teile, damit du es lieben und verehren lernst, wie ich. O, du ahnst ja nicht, du kannst es nicht ahnen, was hier deiner wartet! Und glaube mir nur, hier, in der gemeinsamen Hingabe an das Große, das Ewige wird unsre Liebe nur noch mehr erstarken, wird sie die Weihen empfangen, wird sie . . .«

»Also das hältst du doch für nötig! Es muß erst etwas Fremdes hinzukommen, etwas außer uns . . .«

»Nichts Fremdes, sondern das, was in mir lebt und mich beherrscht, seit ich denken kann.«

»Ich will aber . . . ich will . . . Ach was! Ich bin wohl recht unvernünftig. Jetzt siehst du mich an, als wolltest du sagen, daß ich recht unvernünftig bin.«

»Du bist lieb.«

»Nicht wahr? Ja, ich bin reizend, und du bist so verliebt in mich – aber so verliebt . . . Und einen Hunger hab' ich, einen Hunger . . .«

»Wir gehen essen, sobald du fertig bist.«

»Ach, wo sind denn nun wieder meine Haarnadeln? Weißt du nicht, wo ich meine Haarnadeln hingelegt habe?«

Er wußte es nicht, und so suchten sie beide ein Weilchen danach. Es dauerte noch eine geraume Zeit, bis sie zum Hinuntergehen bereit war; je mehr sie sich beeilte, desto zahlreichere kleine Hindernisse türmten sich auf. Er nahm das ruhig hin, wie eine durch unverbrüchliche Naturgesetze vorherbestimmte Erscheinung. Sie aber wurde immer ungeduldiger, immer nervöser, und zeigte noch, als sie ihm endlich nach dem Speisesaal folgen konnte, ein ganz verärgertes Gesicht.

Dieser Speisesaal war ein äußerst nüchterner, unbehaglicher Raum, infolge der vorgerückten Stunde nur spärlich erleuchtet und kalt wie ein Eiskeller. Die große Tafel in der Mitte war bereits für den andern Morgen als Frühstückstisch hergerichtet; rechts davon saßen die Engländerinnen um ein rundes, ängstlich an die Wand gedrücktes Tischchen und tranken in Grabesruhe ihren Thee; auf einem ebensolchen parallel gegenüber hatte man für das junge Paar gedeckt. Andre Gäste waren nicht anwesend; dagegen stand ein halbes Dutzend von Kellnern herum, durch häufigen Wechsel der Position vergeblich ihre Schläfrigkeit maskierend.

Der Oberkellner legte zunächst eine umfangreiche Speisekarte vor und erklärte sodann, daß es in dieser Nachtzeit nur noch Beefsteaks gebe. Sie bestellten also Beefsteaks. Während sie darauf warteten, las sie ihm mit flüsternder Stimme – denn in diesem Raum ein lautes Wort zu sprechen, schien undenkbar – den Brief ihrer Mutter vor:

»Meine geliebten Kinder!

Wenn ihr diese Zeilen in Händen habt, seid ihr am Ziele eurer Sehnsucht angelangt und schwelgt bereits in Romantik. Papa und ich – er ist auf dem Bureau, während ich dies schreibe, und läßt euch herzlich grüßen – wir sprechen alle Tage davon, wie poetisch euer Einzug in die ewige Stadt sein muß. Denn Heinrich ist nun einmal so poetisch, und du, liebe Alice, hast doch immer für die Kunst geschwärmt, schon lange bevor du ihn kanntest. Wir sind nur sehr für eure Gesundheit besorgt; in Rom soll es so kalte Steinfußböden geben; Tante Auguste hat sich auf die Art damals so gefährlich erkältet. Und auch in die Kirchen soll man nicht gehen, ohne sich gehörig abgekühlt zu haben. Hier ist noch immer haute saison. Vorgestern waren wir bei Bergers, gestern bei Resemanns. Alles war da; nur ihr fehltet. Aber ich konnte gar nicht genug von euch erzählen; von allen Seiten wurde ich ausgefragt. Auch in welchem Hotel ihr absteigt in Rom. Allgemeine Verwunderung, warum ihr nicht im Hotel Quirinal wohnt; das soll bei weitem das beste sein, und eures kennt niemand. In Italien muß man mit dem Essen sehr vorsichtig sein. Das sagte auch der Sanitätsrat Horn, den wir bei Bergers trafen. Ich bitte Sie, mein lieber Sohn, nehmen Sie Rücksicht darauf, daß Alice sich in den Museen und Galerien nicht übermüdet; sie soll jeden Mittag nach Tisch ein Stündchen ruhen. Lachen Sie nicht über die Vorsorglichkeiten einer Mutter, die Ihnen ihre einzige Tochter anvertraut hat. Vielleicht könnt ihr noch ins Quirinal umziehen; das wäre für mich und auch für Papa eine Beruhigung. Schreibt recht bald und viel eurer treuen Mutter.

P. S. Sonntag ist die Hochzeit von Emmy Haeberlein; vergeßt nicht zu telegraphieren.«

»Das gute Mütterchen!« sagte Alice, indem sie den Brief liebevoll zusammenfaltete. »Ich habe doch schon manchmal rechtes Heimweh nach ihr.«

Heinrich erwiderte kein Wort. Er war entschlossen, die große, gehobene Stimmung, in der er sich heute Abend befand, befinden wollte, befinden mußte, durch nichts erschüttern zu lassen. Doch so felsenfest dieser Entschluß auch war, er merkte, daß selbst ein Felsen durch kleine beharrliche Wellen unterwühlt werden kann. Wäre er auf den Brief seiner Schwiegermutter eingegangen, so hätte er unfehlbar Dinge sagen müssen, die ihm die Erinnerung an diesen epochalen Abend für alle spätere Zeit getrübt hätten. Er war deshalb überaus froh, als nun endlich das Essen serviert wurde und die volle Aufmerksamkeit seiner ausgehungerten Gattin in Anspruch nahm.

Aber da kam er nur vom Regen in die Traufe!

Alice fand das Fleisch erbärmlich, das ganze Hotel höchst mittelmäßig und noch dazu schauderhaft ungemütlich. »Mama hat recht; warum sind wir nicht lieber gleich ins Quirinal gegangen? Da hätten wir gewußt, was wir haben . . .«

»Wenn es dir hier nicht gefällt, mein Herzchen,« sprach er in ruhigem Tone, doch mit leicht zitternder Stimme, »dann werden wir ausziehen. Das Hotel Quirinal wollte ich absichtlich vermeiden, weil es eine große europäische Karawanserei ist, und weil wir dort sicher einer Menge von lästigen Bekannten begegnen würden . : . Mir ist dieses Haus hier von verschiedenen Seiten sehr warm empfohlen worden; es hat den wesentlichen Vorteil, daß es schön und bequem liegt. Morgen früh wirst du aus unsern Fenstern auf die Palmen des Pincio blicken können; das ist doch auch etwas wert ... Jedenfalls aber brauchen wir uns heute Abend darüber nicht den Kopf zu zerbrechen. Heute, mein' ich,« - und er legte seine Hand vertraulich auf ihren Arm - »heute wollen wir an nichts andres denken, als daß wir in Rom sind, und die Freude darüber darf uns durch solche Bagatellen nicht gestört werden. Meinst du nicht auch?«

Der Ton dieser Worte, mehr als ihr Inhalt, überwand sie. Mit begütigendem Lächeln drückte sie seine ausgestreckte Hand und war von jetzt ab ganz liebende Zärtlichkeit. Wenn sie ihn so weich und schmachtend und mädchenhaft anblickte, wie hätte er dann noch etwas andres empfinden können, als den verführenden Zauber ihrer Gegenwart, die Seligkeit, sie zu besitzen! Bald nach beendeter Mahlzeit suchten sie ihr Zimmer wieder auf, und wie sie ihm dort leidenschaftlich um den Hals fiel und seinen Mund mit heißen Küssen überflutete, da hatte auch er Rom vergessen. -

Als er am andern Morgen frühzeitig erwachte, mußte er sich erst ein Weilchen besinnen, bis ihm klar wurde, daß es die römische Sonne war, die sich durch die Ritzen der geschlossenen Jalousien hindurchdrängte. Neben ihm ruhte Alice in friedlich atmendem Schlaf. Sie war keine Freundin frühen Aufstehens, und so hatte er sich auf der ganzen bisherigen Reise fast immer lange vor ihr erhoben. Nur diesmal trug er Bedenken, ihren Schlummer zu stören; denn er gönnte ihr nach dem anstrengenden gestrigen Tage eine gründliche Rast. Aber als er eine halbe Stunde mit offenen Augen verträumt hatte und das Licht hinter den Jalousien immer lockendere Verheißungen zu seiner Lagerstatt entsandte, da konnte er seine freudige Ungeduld nicht länger bemeistern. So leise wie möglich schlüpfte er aus den Federn und war schon beinahe völlig angekleidet, als Alice sich zu regen begann und mit schlaftrunkenen Blicken nach ihm hinstarrte.

»Guten Morgen in Rom,« sagte er mit einer gewissen feierlichen Liebenswürdigkeit und küßte sie dabei auf die Stirne.

Sie blinzelte dankbar zu ihm auf und gähnte mit überzeugender Nachdrücklichkeit: »Ach, ich bin noch so müde . . .«

»Es ist das herrlichste Wetter,« versicherte er lebhaft.

»Wie viel Uhr?«

»Acht vorbei.«

»Noch so früh? Da möcht' ich noch ein bißchen ruhen. Wenn ich um neun aufstehe, kann ich um halb zehn fertig sein, und wenn wir um zehn . . . uah . . .«

»Wie du willst, Herzchen. Ich gehe einstweilen ein wenig hinunter, etwas Luft schöpfen. Um neun Uhr komme ich zurück und wecke dich. Ist dir das so recht?«

Sie nickte mit geschlossenen Augen und schlief bereits wieder, noch bevor er das Zimmer verlassen hatte. –

Mit jugendlicher Hast stürmte er die Treppe hinab, und zwei Minuten später stand er auf der Piazza del Popolo. Seine kühnsten Erwartungen waren übertroffen durch die zauberische Klarheit, in welcher der herbstliche Himmel zu seinem Willkomm erstrahlte, durch die milde, laue und doch so frische Morgenluft, die ihm Stirn und Wangen umschmeichelte. Von der weißen Terrasse des Pincio grüßten Cypressen, Palmen und blühende Agaven hernieder, und auf vielstimmiges fernes Geläut gab die Glocke vom Campanile der gegenüberliegenden Marienkirche melodische Antwort. »Guten Morgen in Rom,« sagte er nun laut zu sich selber, und dann grüßte er ein paar zerlumpte Straßenjungen, die gerade des Weges kamen, mit solcher Freundlichkeit, als wären sie eine Deputation, eigens abgeordnet zu seinem Empfang. Die zwei Bengel erkannten sofort die günstige Konjunktur, streckten die Hände aus und riefen einstimmig: »Un soldo, signore, un soldo!« Er aber reichte jedem von beiden das begehrte Kupferstück mit der Befriedigung eines Mannes, der alte, liebe Beziehungen wieder anknüpft. Es waren ja Römer! –

Langsam und nachdenklich stieg er die Rampe des Pincio hinan und setzte sich, oben angekommen, auf eine Bank, den oft genossenen stolzen Anblick von neuem genießend. Tiefe Stille herrschte ringsum; nur aus dem dichten Lorbeergebüsch hervor drang lustiges Sperlingsgezwitscher, und einige frühe Spaziergänger schritten lautlos vorüber. Da lag die geliebte Stadt, von der Peterskuppel mächtig überragt, im hellsten Morgenglanz zu seinen Füßen, und ihm war zu Mut, als läge auch sein bisheriges Leben hell und offen vor ihm ausgebreitet, damit er es prüfend überschaue.

Welch ein Gegensatz zwischen seiner gestrigen Ankunft und seinem Einzug vor zehn Jahren! Der neugebackene Doktor der Archäologie mit dem kärglichen Stipendium in der Tasche und dem unstillbaren Wissensdurst im Herzen – der hatte es weniger bequem gehabt. Und doch, was für ein himmlischer, unvergeßlicher Abend! Am Bahnhof hatte ihn sein Schulkamerad und Jugendfreund, der Bildhauer Ofterdingen, erwartet und in eine bescheidene Locanda geführt. Nachdem er eilends den Reisestaub abgeschüttelt, waren sie Arm in Arm nach der kleinen Osteria hinter dem Kapitol geschleudert, und es hatte wahrlich nicht erst des feurigen weißen Frascatiweines bedurft, um ihn trunken zu machen. Als sie dann in später Nacht mit glühenden Gesichtern die Schenke verlassen, da war mittlerweile der Mond aufgegangen, und in dessen Zauberlicht sah er zum erstenmal das Forum, das Kolosseum! Heiße Thränen der Ergriffenheit waren da dem Ueberwältigten aus den Augen gestürzt, und der gute Ofterdingen hatte verständnisinnig den Arm um seine Schulter gelegt und gesagt: »Weißt du, Mensch, wenn man das einmal einem geliebten Weibe zeigen dürfte . . .«

Was der alte treue Kumpan wohl für Augen machen würde, wenn er jetzt wieder vor ihn hintrat – mit ihr! Und wie er ihr wohl gefallen würde? Und sie ihm? –

Wie viele, wie unzählige Mal hatte er an das Wort zurückdenken müssen, das der Freund in jener Nacht vor den mondbeglänzten Riesenmauern des Kolosseums gesprochen! Es war allmählich der Inbegriff geworden jener unbestimmten und doch so brennenden Liebessehnsucht, mit der das Gemüt des Jünglings einem idealen weiblichen Phantasiegebilde zustrebt. Seine künftige Frau! Er erinnerte sich lächelnd, wie oft er sich mit dieser Vorstellung in tausendfältig schillernden Träumen zergrübelt hatte. Ob sie blond oder brünett sei – lieber brünett – hochgewachsen oder zierlich – und was sie wohl für eine Stimme habe? Und ob sie ihn verstehen würde, so ganz von Grund aus verstehen? Denn in jenen Jahren hält man sich gar so gerne für ein Rätsel, für eine wunderbar geheimnisvolle Natur, und sehnt sich mehr nach Verständnis als nach Liebe. Aber in all diesen schwankenden Spielereien seiner zärtlichen Einbildungskraft gab es ein Zukunftsbild, das keinem Wechsel unterworfen war, das klar und uuverrückbar feststand. Mit diesem Bilde war der Gedanke an die zukünftige Geliebte unlöslich verbunden: er mit ihr bei Vollmondschein im Kolosseum! Das war die Situation, in welcher alle seine Begriffe von Liebesglück und Daseinsrausch gegipfelt hatten – zehn Jahre lang. Und nun war er so weit! –

Gar zu leicht hatte es ihm nicht werden sollen. Auf die schöne, heitere Studienzeit in Rom waren sorgenreiche Tage gefolgt. Da kam er zurück in die Heimat, ausgerüstet mit allen erdenklichen Kenntnissen und Einsichten seines Faches, beladen mit dem fertigen Manuskript eines grundgelehrten Buches, und doch klaffte in seinem Wissen eine sehr bedenkliche Lücke: er wußte nicht, wovon leben. Die früh verstorbenen Eltern hatten ihm nichts hinterlassen können, und das Beispiel seines Vaters nachzuahmen, der ein Leben lang in der engen Schulstube nach freier Gelehrtenthätigkeit vergeblich geseufzt hatte, das brachte er nicht übers Herz. Blieb also nichts andres übrig, als die ehrbare Hungerleiderei des deutschen Privatdozenten. Zwar erfreuten sich seine Kollegien bald eines außergewöhnlich regen Besuches; denn er verstand die trockene Materie mit fast dichterischem Schwunge zu beleben und das alte Rom vor der Einbildungskraft seiner Hörer leibhaftig neu erstehen zu lassen. Aber trotz der bescheidensten Ansprüche reichten seine akademischen Einkünfte zu seinem Unterhalt nicht aus, und er mußte einen guten Teil seiner Zeit auf Privatstunden oder auf die Abfassung populärer Journalartikel verwenden, während doch in seinem Herzen und Hirn der Entwurf zu einem großen, mehrbändigen Werke mit unheimlicher Regsamkeit herumspukte.

In diesen mageren Jahren hatte er sich eine ernsthafte Liebe nicht gestatten dürfen. Er konnte eine Frau nicht ernähren, und sein Stolz hätte ihm verboten, sich von ihr ernähren zu lassen. Aber obwohl er sich dies alle Tage wie eine Art von mahnender Bußpredigt selber vorsagte, konnte er seiner schwärmerischen Natur die voreiligen Seitensprünge ins erträumte Paradies nicht abgewöhnen. Je näher er den Dreißigen rückte, desto jünger wurde sein Herz. Er vermochte kaum mehr ein weibliches Wesen zu erblicken, ohne daß er mit wahrhaften Oberprimanergefühlen sich fragte: »Wäre das die Richtige?« Und die Probe, die er dann jedesmal anstellte, war natürlich keine andre, als daß er sich im Geiste mit ihr ins mondbeschienene Kolosseum versetzte. Denn das Heimweh nach Rom und die Sehnsucht nach Liebe und Häuslichkeit verschmolzen zu einem einzigen quälenden Gefühl der Unbefriedigung, das ihn nicht einen Augenblick verließ und seinem ganzen Wesen einen elegisch-melancholischen Stempel aufdrückte.

Er stand bereits nahe vor seinem dreiunddreißigsten Geburtstag, als endlich die ersehnte Wendung eintrat. Die Professur in Berlin wurde ihm angetragen; jubelnd griff er zu, und sein erster Gedanke war: »Jetzt wird geheiratet.«

Die Prinzipienfrage war gelöst; die Personalfrage machte ihm größere Schwierigkeiten. Sein Herz war frei; er mußte also Umschau halten unter den Töchtern des Landes. So viele Jahre hatte er mit der künftigen Geliebten traumhafte Beziehungen gepflegt, daß es ihm nunmehr fast unmöglich dünkte, diesen innigen Seelenbund seiner Phantasie auf ein thatsächlich gegebenes, lebendig vorhandenes junges Mädchen zu übertragen. Ja, manchmal kam es ihm geradezu wie eine Art von Untreue vor, daß er im Begriffe stand, seine geträumte Angebetete zu Gunsten irgend einer Fremden schnöde verlassen zu wollen. Es erschien ihm überaus prosaisch, daß er ganz wie andre junge Männer nun Abend für Abend in den Frack schlüpfen und Gesellschaften besuchen sollte, große, öde, ungelehrte Gesellschaften. Und doch war dies ja auch für ihn die einzige Gelegenheit, junge Damen kennen zu lernen. Sein fester Entschluß, so schnell als möglich das häusliche Glück zu erjagen, war stärker als seine Abneigung gegen endlose Diners und endlose Tanzkarten. Er aß die ersteren und tanzte die letzteren mit Todesverachtung herunter, nicht ohne verwegene Projekte zur Reform unsrer Geselligkeit und des wechselseitigen Verkehrs beider Geschlechter im Kopfe zu wälzen. Ueber Mangel an Bevorzugung hatte er sich nicht zu beklagen. Denn er merkte sehr rasch, mit welch unglaublicher Virtuosität schon die jüngsten Mädchen einen ernsthaften Heiratskandidaten, zumal wenn er bereits in Amt und Würden ist, von einem ziellosen Amateurtänzer unterscheiden. Aber vielleicht war es dies allzu absichtliche Entgegenkommen, vielleicht auch der Umstand, daß die Richtige hartnäckig zu Hause blieb – der Winter verging, der Sommer rückte heran, und er hatte keine andern Erfolge seines unermüdlichen Pflichteifers aufzuweisen, als einen verstimmten Magen, herabgekommene Nerven und eine merkliche Verdüsterung seiner gesamten Weltanschauung.

Nur verdrossen ging er während dieses Sommers seinen Berufspflichten nach. Er begann sich für eine problematische Natur zu halten, vom unerbittlichen Schicksal dazu auserkoren, einsam und ungeliebt zu leben und zu sterben. Und als auch ein halbes Dutzend Landpartien und Picknicks ihn mit unverlorenem Herzen hatten heimkehren lassen, da keimte in ihm der furchtbare Verdacht auf, daß er überhaupt zu einer rechtschaffenen Verliebtheit schon zu alt sei und, wenn er nicht schließlich einer trostlosen Vernunftehe zum Opfer fallen wolle, nichts Besseres thun könne, als sich eine Haushälterin anschaffen, einem Kegelklub beitreten und auf diese Art gleichsam offiziell sich als alten Junggesellen konstituieren.

Nervös, verstimmt und überarbeitet, wie er war, begab er sich nach Ablauf des Sommersemesters an die Ostsee. Und gerade dort sollte er finden, was ihm das Leben bisher grausam vorenthalten – gerade dort, wo er nicht suchte.

Im Hotel lernte er die Familie Rathenau kennen.

Der Vater, ein angesehener Berliner Kaufmann, jovial, menschenfreundlich, ohne Sinn für Archäologie und voll ausgesprochener Vorliebe für das Skatspiel; die Mutter beweglich, vielfach belesen, äußerst gesprächig, kunstbegeistert, aber in allen Künsten durchweg mehr für das Schöne als für das Wahre; die Tochter ein auffallend hübsches junges Mädchen, sorgfältigst erzogen, vielseitig gebildet, sprachengewandt, musikalisch und immer vergnügt. In ungezwungenster Weise war der Verkehr seitens des Vaters bei der Table d'hote eröffnet worden, und Heinrichs anfängliche Zurückhaltung wurde bald durch die schalkhaften Einfälle und die sprudelnde Munterkeit der Tochter besiegt. Nach einer Woche war er der unzertrennliche Begleiter der neuen Freunde, spielte mit dem Vater und einem seiner Geschäftsfreunde Skat, lieh der Mutter interessante Bücher und schob ihr, wenn sie sich setzte, ein Fußbänkchen unter, neckte sich mit der Tochter in witzigen Wortgefechten, aß Vielliebchen mit ihr und drehte die Notenblätter um, wenn sie mit schwacher, aber sympathischer und wohlgeschulter Stimme Brahms oder Schumann sang.

Nie in seinem Leben hatte er bisher so unbefangen und so stetig mit einer jungen Dame zusammensein können. Das war denn doch eine bessere Manier, sich kennen zu lernen, als im Ballsaal oder auf einer Berliner Landpartie!

Er lebte auf; er verjüngte sich; er ertappte sich auf Anfällen von studentischem Uebermut. Da er aber nichtsdestoweniger bei dem Elternpaar den Eindruck unbedingter Vertrauenswürdigkeit hervorrief, so ließ man die jungen Leute gewähren und gab ihnen sogar nicht selten Gelegenheit, am Strande oder auf Waldspaziergängen allein und nur aus diplomatischer Entfernung bewacht miteinander zu plaudern. Auch an ernsten Gesprächen fehlte es nicht. Alice zeigte sich in allem beschlagen und lieh sogar halb fachmäßigen Auseinandersetzungen verständnisvolles Gehör. Nur wenn er sich, von irgend einem Thema fortgerissen, zu einem förmlichen Vortrag verstieg, unterbrach ihn der kleine Schalk mit irgend einem mutwilligen Scherzwort. Er fand das jedesmal entzückend, geistreich, ja sogar poetisch. Welch eine reizende Ergänzung zu seinem etwas schwerfälligen, etwas sentimentalen Wesen! Ihr silbernes Lachen tönte in ihm nach, wenn er von ihr ferne war; ihre Gestalt, ihr Antlitz, ihre lustigen Augen verfolgten ihn bis in seine Träume, so lebhaft, so unwiderstehlich, daß sein treu gehegtes Phantasiegebilde davor nicht standhalten konnte. Er fragte sich auch nicht ein einziges Mal: Ist das die Richtige? Ja, er versetzte sich nicht einmal mit ihr im Geiste nach dem Kolosseum. Er entdeckte nur eines schönen Tages, daß er sich sterblich in sie verliebt hatte, und erst durch diese Entdeckung wurde ihm klar, wie herrlich nun erfüllt sei, was er nach langer vergeblicher Sehnsucht schon für unerfüllbar gehalten. Was sollte da noch viel Besinnen oder Prüfen? Zugreifen mit beiden Händen, das Glück bei der Stirnlocke fassen – das war das einzig Vernünftige. Und da sie nicht nein sagte, so war er mit ihr verlobt, noch bevor er selber es deutlich wußte.

Alles vollzog sich programmgemäß. Die Eltern gaben gerührt ihren Segen, die Verlobungskarten wurden noch von dem Badeort aus versandt, die Hochzeit auf den Oktober festgesetzt. Diese vollkommene Glattheit des äußeren Verlaufs wurde von Heinrichs romantischem Gemüt beinahe wie eine Entbehrung empfunden. Zwar, was konnte er mehr thun, als in freier Wahl dem Zuge seines Herzens folgen? Sollte er böse darüber sein, daß ihm dies so leicht geworden war? Er wußte ja doch, wie tapfer und ritterlich er um den Besitz der Geliebten zu kämpfen fähig gewesen wäre, falls dazu auch nur die geringste Veranlassung vorgelegen hätte.

Gemeinsam kehrte man nach Berlin zurück, und hier konnte freilich von Romantik noch weniger die Rede sein. Denn die Rathenaus, die er in so bequemer Isoliertheit kennen gelernt hatte, erwiesen sich als der Mittelpunkt einer schier unübersehbaren Familie und eines womöglich noch größeren Kreises von Freunden und Bekannten. Alice hielt etwas auf alle diese Beziehungen, in denen sie ja bisher ihre Welt hatte sehen müssen, und Heinrich ehrte und schonte ihre weitgehenden Gefühle, wenn es ihm auch nicht gerade leicht wurde, allen diesen Onkeln, Tanten, Vettern, Basen, Schwägern gerührt an die Brust zu sinken. Vor lauter ganz offiziellen und ganz zwanglosen Gesellschaften, vor lauter förmlichen oder freundschaftlichen Besuchen und Gegenbesuchen war er nur selten mit seiner engeren Familie allein und mit Alice fast gar nicht. Wenn er schüchtern und bescheiden sich bei ihr darüber beklagte, so tröstete sie ihn lachend: Wir haben uns ja ein ganzes Leben! Gewiß, das stand fest, und das mußte ihm über das Peinigende der Gegenwart hinweghelfen. Nur erst mit ihr allein, das war sein Morgen- und Abendgebet; nur erst mit ihr in der Ferne, in Rom, im Kolosseum! Dort konnte das Echte, das Ursprüngliche, das Poesievolle ihrer Natur erst völlig zum Durchbruch kommen; hier wurde es vom Wuste der Konvention erstickt.

Das Schlimmste von allem kam zuletzt – der Tag der Hochzeit. Wenn er jetzt daran zurückdachte, wunderte er sich, daß er diesen Tag gesund überdauert hatte. Nach einer vor Erregung schlaflosen Nacht vom frühesten Morgen bis zum Abend eine wahre Flut von Verpflichtungen, Ceremonien und Strapazen. Dann beim Festmahl ellenlange Reden, lärmende Tafelmusik, lebende Bilder, humoristische Aufführungen. Zum Schluß rührender Abschied von Eltern,

Verwandten, Freundinnen unter nicht endenwollenden Thränenergüssen. Auch das ging vorüber, und sie waren allein, aber zugleich gänzlich am Rande ihrer Kraft. Beide sah dieser feierliche Abend in einem so hochgradigen Zustande der Ermattung, der Abspannung und einer aus Erregtheit und Uebermüdung gemischten Nervosität, daß dagegen alle heißen, leidenschaftlichen, seit Monaten ins Ueberschwengliche gesteigerten Gefühle nicht aufkommen konnten.

Wie reich, wie verschwenderisch hatten ihn für diese Kette kleiner Unannehmlichkeiten die nun folgenden Wochen entschädigt! Flitterwochen nannte sie der Volksmund; auf seinen Fall wollte die etwas mißtrauische Bezeichnung nicht passen. Solch ein Uebermaß von Glück und Seligkeit, das hatte nichts gemein mit trügerischem Flitter; das war von echtem, lauterem Goldgehalt. So lieben und so geliebt werden, so ineinander aufgehen und sich verlieren, so die Welt mit Vergangenheit und Zukunft vergessen im Rausch und Taumel der Gegenwart – was ahnten davon die Bedauernswerten, die nur von nüchterner Uebereinkunft zusammengeführt worden! Alle Zweifel, die ihn während der Verlobungszeit ab und zu beschlichen hatten, sie waren ausgelöscht, überwunden für immer. Ja, die Stimme seines Herzens hatte ihn recht geleitet. Er war im Besitz eines holden, zärtlichen, hingebenden Weibes; beglückt und beglückend, hatte sie ihm das reine Feuer ihrer jungfräulichen, liebeverlangenden Seele geweiht, und nun erst kannte er die lodernde Glut, deren sein eigenes Herz fähig war.

In tiefster Stille und Zurückgezogenheit, an einem der schönsten Punkte der Riviera waren diese fünf Wochen ihnen verflogen. Liebe, nichts als Liebe war der ausschließliche Inhalt ihres Lebens, Denkens und Plauderns gewesen. Zuerst hatte er sofort nach der Hochzeit mit ihr nach Rom fahren wollen. Wie dankbar mußte er ihr nun sein, daß sie ihn davon abgebracht, daß sie ihn bestimmt hatte, vorerst durch keine Ablenkung von außen dieses festliche Traumleben zu stören. Für Rom blieben ja noch immer zwei Monate; so lange währte sein Urlaub. Und er war so innig überzeugt, daß der dortige Aufenthalt ihr Glück noch erhöhen, ihre innere Zusammengehörigkeit noch enger und fester gestalten müsse. Ein Teil von seinem Selbst war ja in dieser Zeit wie verschleiert gewesen: seine Geisteswelt, sein Beruf. In Rom wollte er den Schleier lüften; dort sollte sie sein Inneres erst vollständig kennen, seine Lebensaufgabe lieben lernen wie ihn selbst; dort sollten ihre lachenden Augen sich verklären zu sonnigem Ernst. –

Jetzt, da im heitersten Morgenlicht und im Anblick der ersehnten Herrlichkeit all diese Bilder vor seinem Geiste vorüberzogen, jetzt wurde er der gesteigerten Freuden wieder voll bewußt, die hier seiner warteten. Er machte sich Vorwürfe, daß er sich gestern Abend auch nur einen Augenblick hatte verstimmen lassen. Freilich, die Ankunft in Rom hatte er sich anders, ganz anders ausgemalt; aber durfte er Alicen die Schuld geben, wenn dieser Abend nicht so verlaufen war, wie seine vorgefaßten Einbildungen ihn erblickt hatten? Nach einer so langen Reise – in ununterbrochener Fahrt von Genua hierher – war es durchaus verzeihlich, daß sein Frauchen nicht gleich in helle Feststimmung geraten, nicht gleich dem Genius des Ortes sich anpassen konnte. Der Bahnhof, der Omnibus und der Speisesaal des Hotels boten auch wahrlich dazu nicht die richtige Gelegenheit. Es verdiente sogar Anerkennung, daß sie nicht wie oberflächlichere Naturen eine Begeisterung anempfunden hatte, die noch ohne thatsächliche Grundlage war. Und durfte man es ihr verargen, daß sie, eben erst einem behaglich luxuriösen Elternhaus entrückt, als einzige Tochter verwöhnt und verhätschelt, mit allerlei kleinen Ansprüchen ins Leben trat, die so leicht zu befriedigen waren? Allerdings mußte er sich gestehen, daß ihm dies gestern zum erstenmal aufgefallen, vielleicht nur deshalb, weil seine eigene Stimmung gar so hochgespannt gewesen. Aber war es gerecht oder vernünftig, bei ihr jene Bedürfnislosigkeit vorauszusetzen, welche in der harten Schule einer entbehrungsreichen Jugend für ihn etwas Selbstverständliches geworden war? Der Wunsch tauchte in ihm auf, er hätte sie als ein armes, einfaches Mädchen gefunden, als ein Wesen, das nicht unter so völlig andersgearteten Verhältnissen aufgewachsen. Doch gleich darauf schalt er sich thöricht und undankbar. Was wollte er denn noch mehr, als glücklich sein? Und war er nicht glücklich? Kamen solche Kleinigkeiten seiner und ihrer großen Liebe gegenüber in Betracht? Das Kleine und Kleinliche zu überwinden, zu verachten, zu vergessen über dem Großen und Ewigen – wo in der Welt konnte man das schneller und gründlicher lernen, als gerade hier in Rom – hier, wo man mit den Jahrtausenden vertrauliche Zwiesprach führte und das

Einzeldasein in der stolzen, unvergänglichen Lebensfülle der Gattung willig versinken ließ? . . .

Die Uhr des nahen Glockenturmes schlug neun. Mit einem gelinden Schrecken erkannte er, daß die Stunde um war. Ohne diesen wohlthätigen Weckruf hätte er gewiß seine zeitlosen Träumereien noch fortgesponnen. So schnell als möglich eilte er ins Hotel zurück. Er war nicht wenig überrascht, als er seine Frau nicht mehr schlafend, sondern völlig angekleidet fand, mit Einpacken beschäftigt.

»Was geht denn vor?« fragte er ganz verblüfft.

Sie berichtete ihm mit hastigen Worten, daß sie nach seinem Fortgehen nicht einen Augenblick mehr habe schlafen können. Auf den Gängen sei ein so schauderhafter Lärm gewesen und die Hotelbediensteten hätten sich unmittelbar vor ihrer Thüre so unverschämt laut unterhalten, daß sie nichts Besseres zu thun gewußt, als aufzustehen und die Sachen zusammenzupacken. »Denn hier können wir doch nicht bleiben,« fuhr sie eifrig fort. »Nicht wahr, das siehst du doch selber ein? Ich wenigstens hielte die Wirtschaft hier nicht einen Tag mehr aus.«

»Also ins Hotel Quirinal?« –

»Mir gleich. Nur von hier fort. Ich habe eine wahre Idiosynkrasie gegen diesen Kasten.«

Dreiviertel Stunden später landeten sie mit Sack und Pack im Hotel Quirinal. »Das ist etwas ganz andres,« sagte Alice befriedigt, sobald sie eintraten.

Auf der Fremdentabelle entdeckte sie mit lebhaftem Interesse drei verschiedene bekannte Familien aus Berlin. Eine davon war sogar bei der Hochzeit zugegen gewesen.

Als sie sich in einem Zimmer des vierten Stockes, auf den Hof hinaus – man versprach ihnen für die nächste Woche ein besseres – installiert hatten, sagte Heinrich tief aufatmend: »Gott sei Dank, das wäre nun alles erledigt. Jetzt werd' ich anfangen können, dir Rom zu zeigen.«

Sie sah ihn mit ihrem unwiderstehlichen Schelmenlächeln an. »Armes, geplagtes Professorchen! Hast so viel Schererei mit mir gehabt. Bist du mir böse?«

»Ganz und gar nicht.«

»Da will ich nur noch schnell einen Brief an Mama schreiben; sonst bekommt sie ihn erst einen Tag später. Du schreibst doch darunter?«

»Selbstverständlich, mein Herz.«

Alice schrieb ihrer Mutter, daß Heinrich, den guten Rat befolgend, mit ihr ins Quirinal übergesiedelt, und daß der erste Eindruck von Rom überwältigend sei.

Heinrich hatte bereits an der Riviera einen ganz genauen Feldzugsplan ausgearbeitet. Er wollte im wesentlichen die ewige Stadt in umgekehrter Zeitfolge vor den Augen seiner Liebsten entrollen – Renaissance, mittelalterliches und zuletzt antikes Rom. Diese seine eigentliche Domäne sollte den Höhepunkt und die Krönung des Ganzen bilden. Alice nahm die Sache jedoch noch gründlicher, indem sie bei dem Rom der unmittelbaren Gegenwart, bei der lebendigen modernen Stadt anfing und für diese das kräftigste Interesse bekundete.

Zwar folgte sie ihm willig in die Galerien und in die Kirchen, bestaunte ernsthaft die Wunder des Petersdoms und der vatikanischen Sammlungen und hörte aufmerksam zu, wenn ihr Gatte sich in eingehende kunstgeschichtliche Betrachtungen verlor. Aber es entging ihm nicht, daß sie niemals ganz bei der Sache war, oder daß wenigstens kein elementarer Drang ihrer Natur sie dazu hinzog. Sie hatte das alles einigermaßen auf der höheren Töchterschule gelernt, von allem gehört und über alles bei Gelegenheit mitgesprochen. Nun sie's mit Augen sah, nahm sie es hin wie etwas, das zu beschauen sehr ersprießlich und sehr lohnend war; aber die selige Trunkenheit, auf die er gerechnet hatte, blieb aus.

Dagegen wurde sie von zahlreichen Dingen beschäftigt und angelockt, deren Beachtung ihm von seinem Standpunkt als recht nebensächlich erscheinen mußte.

Die Table d'hote des Hotels war für sie eine Fuudgrube immer neuer fesselnder Erkenntnis. Bald gab es keinen ständigen Gast mehr, den sie nicht genau klassifiziert und mit irgend einer sarkastischen Bezeichnung versehen hatte. Auch jeder frisch Angekommene mußte ahnungslos diese scharfe Prüfung über sich ergehen lassen. Besonders die Toiletten der Damen boten ihr reichliche Gelegenheit zu ihren Studien. Dieses internationale Publikum, stark versetzt mit deutscher Provinz – was war da nicht alles zu beobachten und zu bespötteln!

Auf der Straße blieb sie fast vor jedem Schaufenster stehen. Im Vatikan hatte sie ihn leise fortgezogen, als er sich nach halbstündiger Betrachtung von der Madonna di Foligno noch immer nicht trennen konnte; hier mußte er manchmal sie zum Aufbruch mahnen, wenn sie in die ausgelegten Schätze eines Juwelierladens oder eines Modemagazins völlig versunken war. Auch in den Galerien und Kirchen fühlte sie sich häufig von den lebendigen Menschen mehr angezogen als von den gemalten und gemeißelten.

»Wie hat dir die pikante Französin gefallen? Glaubst du, daß die beiden verheiratet waren?« so fragte sie ihn eines Tages, als sie eben San Pietro in Vincoli verlassen hatten.

»Wo – wer?« erwiderte er verständnislos.

»Sie standen ja dicht vor uns – bei dem Moses.«

Er hatte in der That nichts gesehen. Er konnte überhaupt nicht begreifen, daß es pikante Französinnen gab, wenn man vor dem Riesenwerke des Michelangelo stand.

»Ja, wozu hat man denn seine Augen?« warf sie mit einem leicht schmollenden Tone hin. Er mußte ihr recht geben, und doch fühlte er, daß ihre Augen anders waren als die seinen. –

Auch bei Spaziergängen trat diese Verschiedenartigkeit ihres Auffassungsvermögens immer deutlicher hervor. Er hatte einige sonnige Nachmittage dazu verwandt, um ihr die unvergleichlichen Parkanlagen der Villa Borghese und der Villa Doria-Pamphili, die stolze Aussicht auf Rom von der am alten Janiculushügel sich hinschlängelnden Passeggiata Margherita zu zeigen. Hier wie bei ihren wiederholten Besuchen des Monte Pincio wurden sie meist von entgegengesetzten Beobachtungen in Beschlag genommen. Sie bewunderte die herrschaftlichen Fuhrwerke der römischen Aristokratie mit den feurigen Rappen und den pompösen, selbstbewußten

Kutschern, während ihn gleichzeitig ein Durchblick auf die Peterskuppel, eine besondere Beleuchtung der Sabinergebirge beschäftigte. Er ging am liebsten größeren Menschenansammlungen aus dem Weg, während sie nirgends mit mehr Befriedigung verweilte, als wo buntes Leben sie umflutete. Nur gerade das Treiben des niederen römischen Volkes zu belauschen und ihm in das Gewinkel enger Gassen zu folgen, wozu er sie öfters veranlassen wollte, das lehnte sie mit großer Entschiedenheit ab. Diese Luft! Dieser Schmutz! Was war daran zu sehen, zu studieren? Einfach gesundheitsgefährlich! –

Gleich am zweiten Tage nach ihrer Ankunft war Heinrich am bescheidenen Atelier seines Freundes Ofterdingen – weit draußen vor der Porta del popolo – vorgefahren. Dort hatte man ihm jedoch mitgeteilt, daß der Gesuchte zu seiner Erholung nach Capri gereist sei und erst in einer Woche zurückkehre. Mit Ungeduld zählte er nun die Tage bis zur Heimkunft des erprobten Gefährten. Er empfand, daß er eines äußeren Anhaltes, einer Stütze bedürfe, um an die großen Stimmungen seiner römischen Jugendzeit wieder anzuknüpfen. Auch Alice würde ohne Zweifel sich ganz von selbst seinen Anschauungen nähern, wenn sie erst eine andre geistige Luft atmete. Er hatte geglaubt, sie mit einem Schlage ihrer bisherigen Umgebung entführen, sie in ein neues Erdreich, in das seinige, verpflanzen zu können. Er mußte sich täglich mehr überzeugen, daß dies ein Irrtum gewesen war. Sie wurzelte fest in dem Boden, dem sie entsprossen. Die geringfügigsten Neuigkeiten aus der Heimat – von der guten Mama in langen Briefen gewissenhaft rapportiert – beschäftigten sie weit mehr, als das tausendfältig Neue, das hier jeder Tag ihr bot. Sie war in Rom und lebte weiter in Berlin.

Wenn sie abends im Salon des Hotels saßen, mußte sogar Heinrich manchmal mit Gewaltsamkeit sich daran erinnern, wo er sich befand. Die drei bekannten Familien aus Berlin schienen eigens hierher gereist zu sein, um sich einmal gründlich über heimische Verhältnisse auszusprechen. Was man am Tage gesehen hatte, wurde schnell, gleichsam pflichtmäßig, abgehaspelt; aber breit und behaglich ergoß sich der Strom der Unterhaltung, wenn er in das altgewohnte Bette einlenken durfte. Die Gesellschaften des vorigen Winters, die letzten Skandalgeschichten, die vollzogenen und die noch zu erwartenden Verlobungen, die philharmonischen Konzerte und die Premièren der Theater – welch ein unerschöpflicher Stoff für römische Hotelgespräche! Da war Alice ganz in ihrem Element; sie führte das große Wort; sie entwickelte eine solche Lebhaftigkeit und sprudelnde Laune, daß die drei bekannten Familien in Entzücken gerieten und Heinrich allabendlich zu seiner geistvollen jungen Frau beglückwünschten. Aber was hatte er denn gewollt? Warum war er denn hier? Sollte er wirklich nicht im stande sein, das Wesen, dem er sich auf ewig verkettet hatte, für seine Welt zu erobern? Sollte er in der ihrigen langsam versinken?

Nein, nein, nein! Das durfte so nicht weitergehen. Er mußte kräftig auftreten, bevor es zu spät war, mußte ihr den Herrn und Meister zeigen . . .

Aber was sollte er ihr denn eigentlich sagen? Was hatte er ihr vorzuhalten? Daß sie so war und nicht anders? Hatte sie ihn getäuscht? Liebte sie ihn nicht auf ihre Art noch ebenso heiß wie zuvor? Wiederholten sich nicht auch bei ihm die Anfälle leidenschaftlicher Zärtlichkeit, die seligen Augenblicke wunschlosen Genießens? Sollte er dieses sichere Glück durch herrische Vorwürfe verscherzen, deren Erfolg noch dazu sehr zweifelhaft war? That er nicht besser, die Wandlung, die nun einmal keine plötzliche sein konnte, der Zeit zu überlassen? Und noch immer rechnete er auf Rom als auf seinen mächtigsten Bundesgenossen. Sie hatte ja das Größte noch nicht gesehen . . .

Eines Morgens waren sie eben im Begriff, ihre tägliche Expedition anzutreten, als am Eingang des Hotels ein Mensch mit wahrer Blitzesgeschwindigkeit auf Heinrich losstürzte und ihn mit solcher ungestümen Kraft in die Arme preßte, daß ihm fast der Atem verging.

»Alter Junge, du hier?! Warum hast du mir denn das nicht früher geschrieben, du Schafskopf? Ich wäre ja . . . Aber dummes Zeug . . . Laß dich mal anschauen! Na ja, jünger bist du nicht geworden . . . ich auch nicht. Und das ist sie! Natürlich, wer sonst? Ein alter Freund Ihres Mannes . . . freue mich riesig . . .!«

Dabei hatte er den noch ganz verdutzten Heinrich losgelassen und Alicens beide Hände ergriffen, die er mit urwüchsiger Herzlichkeit schüttelte.

Alice sah bald den Unbekannten, bald ihren Gatten ratlos an; denn daß dieser Halbwilde mit dem Banditenschlapphut, dem struppigen Bart und der mehr als nachlässigen Kleidung Heinrichs Jugendfreund Ofterdingen sei, von dem er ihr so viel erzählt hatte, darauf war sie noch nicht gekommen.

Die Freude ihres Heinrichs blieb übrigens nicht hinter der seines Angreifers zurück, wenn sie sich auch in weniger elementaren Formen äußerte. Es schoß ihm durch den Kopf: Nun wird alles gut! Und dann sprachen die nach so langer Trennung wieder vereinigten Freunde aufeinander ein, überstürzten sich in tausend Fragen und mußten endlich von Alice gemahnt werden, daß der Eingang des Hotels nicht ganz der rechte Schauplatz für eine so intime Scene sei. Sie verband damit die höfliche Einladung, Herr Ofterdingen möge ihnen doch die Ehre geben, sich auf das Zimmer zu bemühen.

»Himmlischer Vorschlag!« erwiderte dieser, indem er zum zweitenmal Heinrich losließ und zum zweitenmal Alicens Hände schüttelte. »Aber unausführbar. Hab' keine Zeit. Sklave, Lasttier, Kettenhund der Arbeit. Schauderhafter Auftrag von einem amerikanischen Protzen – allegorische Brunnennymphe. Keine Ahnung – diese Geldmenschen! Aber ich hab's nötig ... verdammt nötig ... Heinrich, bei Todesstrafe verbiete ich dir, in mein Atelier zu kommen! Dagegen heute Abend – was? Du kennst doch noch unser altes Standquartier? Ein paar alte Bekannte und ein paar neue – und ein Tropfen Roter – von den Castelli Romani ... na, ich sage nichts voraus. Ihr kommt doch? Abgemacht!«

»Wir kommen,« erwiderte Heinrich mit vergnügtem Kopfnicken. »Und jetzt? Begleitest du uns nicht wenigstens ein Stückchen?«

»Nichts da! Ich an meine Arbeit – ihr an die eurige. Ist 'ne Arbeit, Rom anzusehen, und keine leichte. Aber lohnender als die Brunnennymphe. Die alten Esel konnten was! Also heut Abend in der Via di Crocebianca – halb neun – pünktlich. Guten Morgen!«

Ohne seinen Räuberhut zu lüften, rannte er mit großen Sätzen davon, winkte ihnen von der andern Seite der Straße noch einmal vertraulich zu und war im nächsten Augenblick um die Ecke verschwunden.

»Das ist dein bester Freund?« fragte Alice, nachdem sie einige Minuten schweigend nebeneinander hergegangen waren.

Heinrich überhörte den leicht verwunderten Ton dieser Frage. »Ja, mein bester Freund – mein einziger eigentlich. Wie hat er dir gefallen?«

»Ich kann noch nicht urteilen. Sein Aeußeres . . .«

»Ein Künstler, mein Herz – ein echter Künstler. Sein Inneres ist vornehm, darauf kannst du dich verlassen. Heute Abend wirst du eine ganz neue Welt kennen lernen – und ich bin überzeugt, fest überzeugt, du wirst dich wohl darin fühlen.«

»Ist das ein Lokal, wo Damen hingehen können?« Heinrich hatte ein bitteres Wort auf der Zunge. Er unterdrückte es und sagte nur: »Eine Dame kann überall hingehen, wohin ihr Mann sie führt.«

Nach dem Diner entschuldigte sich Alice bei den drei bekannten Berliner Familien; sie könne ihnen die versprochenen Lieder erst morgen vorsingen, da ihr Mann sie durchaus in eine Osteria mitnehmen wolle. Die drei Familien bedauerten aufrichtig, zumal heute Abend noch eine vierte Familie – ganz frisch aus Berlin – erwartet wurde, und sprachen von Alicens Vorsatz wie von einem außerordentlich kühnen und ungewöhnlichen Unternehmen.

Als gegen halb neun Uhr Heinrich zum Aufbruch drängte, erbat sie sich noch einige Minuten, um die elegante, hellfarbige Toilette, welche sie zur Table d'hote angelegt hatte, mit einem einfachen Reisekostüm zu vertauschen. Heinrich wußte aus täglicher Erfahrung, wie lange diese »einigen Minuten« dauern würden und wollte seinen Freund bei dem ersten Zusammensein nach vieljähriger Trennung nicht warten lassen. Hatte er bisher geduldig dem zwei- bis dreimaligen Kleiderwechsel seiner Gattin alle Tage stand gehalten, so legte er jetzt ein energisches Veto ein. Alice erwiderte, das Kleid, das ihr nach allgemeinem Urteil am besten stände – Heinrich verstehe ja davon nichts – das sei ihr für die Kneipe zu schade. Darauf versetzte er mit ungewohnter Gereiztheit, seine Freunde hätten Anspruch auf mindestens dieselbe kostümliche Hochachtung wie die abgeschmackte Table-d'hote-Gesellschaft. Aus diesem Gegensatz der Anschauungen entwickelte sich – zum erstenmal in ihrer Ehe – ein regelrechter kleiner Zank, der ihnen beiden gründlich die Stimmung verdarb. Alice fügte sich endlich schmollend und widerwillig, mit der Empfindung, eine himmelschreiende Tyrannei zu erdulden, und während der ganzen Fahrt zu der am östlichen Abhang des Kapitols gelegenen Via di Crocebianca sprachen beide kein Wort.

Der Kutscher hielt nach einigem Hin und Her in der engen, schlecht erleuchteten Gasse vor einem Haus, das durch eine trüb flackernde Laterne sich als die gesuchte Osteria verriet.

Der Eingang konnte nicht eben gastlich anmuten; im Vollgefühl des inneren Wertes war auch auf den bescheidensten äußeren Schmuck verzichtet worden. Durch eine Glasthür mit zerbrochenen Fensterscheiben und den Resten von aufgemalten Buchstaben, über eine holperige Schwelle traten sie in einen schmalen, halbdunklen Vorraum, aus dem ein fast betäubender Weinsteingeruch ihnen entgegenwehte. Hier stand der nicht gerade reinlich aussehende Schenktisch; hinter demselben waren große Fässer bis fast an die Decke aufgeschichtet, und in dem schmalen Raum dazwischen hantierten zwei Männergestalten, deren Erscheinung jeden Berliner Schutzmann zu sofortigem Einschreiten veranlaßt hätte.

Alice vergaß vor ängstlichem Unbehagen ihren Streitfall und schmiegte sich wie ein verschüchtertes Kind an ihres Gatten Seite. Auch Heinrich dachte nicht mehr an den vorhergegangenen Zwist; er war völlig überwältigt von den Erinnerungen, die beim Betreten dieses altvertrauten Raumes auf ihn einstürmten ...

Am Schenktisch vorüber gelangten sie in das eigentliche Gastlokal, das – nach deutschen Begriffen – an Unwirtlichkeit dem schmalen Vorzimmer nichts nachgab. Schadhafter Steinfußboden, niedere, rauchgeschwärzte Decke, schmutziggraue, kahle, grobgetünchte Wände, primitiv gezimmerte Tische und Stühle, und nur zwei Gasflammen in der Mitte, während die vier Ecken in fast undurchdringliche Finsternis gehüllt waren. In der einen dieser Ecken unterschied das Auge allmählich zwei echte Campagnolen, bärtige, sonnengebräunte Kerle, den Hut tief in die Stirn gedrückt, die Ellbogen auf den Tisch, den Kopf in die Hände gestützt und so unbeweglich, als wären sie entweder ausgestopft oder doch in magnetischen Schlummer versunken. Die übrigen vier oder fünf Tische waren unbesetzt, bis auf den großen, runden Mitteltisch, der infolge seiner begünstigten Lage, dicht unter der spärlichen Lichtquelle, offenbar eine Art von Honoratiorentafel vorstellte. Hier saßen sechs Personen, in so laute und lebhafte Unterhaltung vertieft, daß sie den Eintritt der beiden neuen Gäste ganz überhört hatten. Erst als diese an den Tisch herangekommen waren, wurden sie bemerkt, und nun sprangen alle von ihre Sitzen auf, um die längst Erwarteten zu begrüßen.

Heinrich entdeckte sofort außer Ofterdingen noch zwei wohlbekannte Gesichter, den Architekten Palm und den Historiker Burger. Beide hatte er damals in Rom kennen gelernt und war ihnen später in Deutschland wiederholt begegnet. Auch die übrigen waren ihm dem Namen nach nicht fremd. Die beiden Maler Jacobi und Busse schätzte er als tüchtige Landschafter, deren Bilder er auf Berliner Ausstellungen gesehen hatte, und daß Fräulein Julie Sontag eine ebenso talentvolle Blumenmalerin wie geistvolle junge Dame sei, wußte er aus Ofterdingens Briefen.

Ofterdingen machte daher auch mit der gegenseitigen Vorstellung wenig Umstände. Er behandelte Heinrich wie einen alten Stammgast, der zufällig ein paar Abende ausgeblieben war, und glaubte Alice keine größere Ehre anthun zu können, als indem er sie ohne Förmlichkeiten mit dazu rechnete. So thaten auch die übrigen. Man respektierte jedoch die besondere Eigenschaft der beiden als Hochzeitsreisenden und ließ sie nebeneinander Platz nehmen. Rechts von Heinrich saß Fräulein Sontag, links von Alice Ofterdingen. Der letztere hatte sofort zwei neue Gläser geholt, schwenkte sie vorsichtigerweise zuerst mit Wein, den er achtlos auf den Steinboden ausgoß, und füllte sie dann richtig. Man stieß an und trank, und sechs gespannte Gesichter blickten auf das junge Paar, um die Wirkung dieses ersten Schluckes zu beobachten.

»Wundervoll!« sagte Heinrich mit entzückter Kennermiene. »Die Kneipe hat sich auf der Höhe gehalten.« – Alice dagegen führte nur mit Ueberwindung das Glas zum Munde; denn sie wurde den beunruhigenden Zweifel nicht los, ob die Flasche vorher ebenso ausgeschwenkt worden sei wie jetzt die Gläser.

Sie hatte zwar gleich anfangs von einer solchen Osteria sich keine besonders großartige Vorstellung gemacht; aber ihre Befürchtungen waren durch die Wirklichkeit um vieles übertroffen. Die Zänkerei von vorhin that ihr aufrichtig leid; sie fühlte zum erstenmal etwas wie eine Schuld und hätte Heinrich gern um Verzeihung gebeten. Da dies jetzt unmöglich war, so hatte sie wenigstens den besten Willen, ihn nicht merken zu lassen, welch geringen Geschmack sie an seiner vielgerühmten Kneipe fand. Aber es ging über ihre Kraft. Je mehr er auftaute, je mehr er eine mutwillige Ausgelassenheit entfaltete, von der sie ganz überrascht war, desto gezwungener wurde ihr Lächeln, desto einsilbiger ihre Unterhaltung. Alles befremdete sie hier – das abscheuliche Lokal, die beiden unheimlichen, regungslosen Gestalten in der Ecke, die Formlosigkeit des Tones, der Tabakdunst und vor allem die Anwesenheit dieser sonderbaren jungen Dame mit dem glatt gescheitelten Haar und der gesucht ungesuchten Kleidung. Zu wem gehörte sie? Wer hatte sie mitgebracht? Von wem würde sie später nach Hause geleitet werden? Ein Fräulein, das allein in eine Kneipe ging! Eine Emanzipierte also, oder noch etwas Schlimmeres. Und wie sie sich mit den Herren unterhielt, mit ihnen lachte und trank! Ganz wie mit ihresgleichen. Heinrich schien das durchaus in der Ordnung zu finden. Er trank ihr zu und redete mit ihr, als ob er sie seit Jahren kenne! Ein Glück noch, daß sie eigentlich häßlich war, wie die Nacht; nur wenn sie lachte, wurde sie hübsch oder doch wenigstens interessant. Sie schien das zu wissen; denn sie lachte sehr viel. Eine raffinierte Kokette. –

Und die Männer? Alice hatte Zeit, sie zu beobachten. Eigentlich gefiel ihr kein einziger. In ihrem Elternhause hatten doch auch Künstler genug verkehrt; aber das waren Künstler aus guter Familie. Diese hier saßen wohl hauptsächlich deshalb im Wirtshaus, weil sie im Salon unmöglich waren. Am nettesten fand sie noch Burger, einen sogenannten schönen Mann mit wohlgepflegtem Vollbart und tadelloser Wäsche. Nur hatte er für seine herkulische Gestalt ein lächerlich hohes Organ und schnappte öfters mit der Stimme über. Busse und Jacobi erschienen ihr als zwei richtige Bohemiens, wenn sie auch nicht ganz so verwahrlost aussahen, wie Heinrichs Freund Ofterdingen. Busse war ein kleines, zappeliges Kerlchen mit einem kaum nennenswerten Anflug von Schnurrbart; sein ganzer Körper und sein ganzes Gesicht blieben in fortwährender Bewegung, so daß sie ihn nicht lange ansehen konnte, ohne nervös zu werden. Jacobi, offenbar der jüngste in der Gesellschaft, trotzdem aber schon im Besitz einer mächtigen Glatze, neigte zu Wohlbeleibtheit und Phlegma, sprach langsam und nachdrücklich, als ob er jedes Wort erst auf die Wagschale lege, und trank unanständig viel. Der Architekt Palm endlich, der einzige ältere Herr unter den Anwesenden, ein hoher Fünfziger, trug eine unpassende Jugendlichkeit zur Schau, machte Fräulein Sontag den Hof und lachte unangenehm geräuschvoll. Alice begriff nicht, was Heinrich an allen diesen Menschen fand. Sie mochten ja ihre Verdienste haben; aber keiner von ihnen wußte sich zu benehmen . . .

Ja noch mehr – sie empfand instinktiv, daß auch sie in diesem Kreise keinen rechten Erfolg haben würde. Sie war gewohnt, in jeder Gesellschaft den Mittelpunkt zu bilden, ihr heiteres Unterhaltungstalent gefeiert zu sehen. Hier kam sie nicht zur Geltung. Man behandelte sie zwar sehr zuvorkommend; aber sie glaubte deutlich zu erkennen, daß sie nur als die Frau ihres Mannes betrachtet wurde, daß man ihr keine selbständige Bedeutung einräumte. Niemand beschäftigte sich ausschließlich mit ihr, auch Ofterdingen nicht, der doch als ihr Tischnachbar durch die allergewöhnlichste Lebensart dazu verpflichtet gewesen wäre.

Und Heinrich? War es nicht wie ein kränkender Vorwurf für sie, daß er sich hier so ganz in seinem Elemente fühlte, daß er hier etwas zu finden schien, was sie ihm nicht zu bieten vermochte? Sie war ihm nicht alles; sie füllte ihn nicht aus. Und schon nach so wenigen Wochen ließ er sie das merken. Unter dem Vorwand, ihr eine römische Osteria zu zeigen, nahm er seine Junggesellenliebhabereien wieder auf. Jetzt ließ er sich noch von ihr begleiten; später würde er allein ins Wirtshaus rennen . . . Besser, er hätte sie schon diesmal zu Hause gelassen! . . .

Heinrich ahnte nicht, was in ihr vorging. Er war auch allzusehr in Beschlag genommen, um sie zu beobachten. Er schwamm in einem Meer von Glückseligkeit. Wieder in Rom, in seinem Rom, in der geistigen Luft, die ihm so wohlbekam, unter künstlerisch angeregten Menschen, die seine Sprache redeten, seine Lebensinteressen teilten! Es war ihm, als sei er heute erst angekommen. Das hatte er ja gesucht, danach hatte er gedürstet. Und mitten im angeregten Gespräch war es ein unendlich wohliges Gefühl für ihn, daß Alice an seiner Seite saß. Ohne sich mit ihr zu beschäftigen, dachte er an sie mit größerer Zärtlichkeit, als die ganzen Tage vorher. Es fiel ihm nicht auf, daß sie fast völlig stumm war; er setzte als selbstverständlich voraus, daß sie andächtig zuhörte. Er sprach für sie, auch wenn er nicht zu ihr sprach. Er verlor auch in seinen lebhaftesten Reden die Wirkung auf sie nicht aus dem Auge. Er führte sich ihr gleichsam in seiner besten Rolle vor; dieses Bewußtsein raubte ihm zwar die Unbefangenheit, aber verlieh ihm dafür eine sieghafte Laune. Der heutige Abend mußte entscheidend sein! Er wollte ihn nach Kräften ausnützen.

Das Gespräch hatte natürlicherweise zunächst an die Vergangenheit angeknüpft. Heinrich erinnerte Ofterdingen an allerlei lustige Streiche, und dieser rächte sich, indem er eine humoristische Schilderung von dem jugendlichen Schwärmer Heinrich Thoma entwarf. »Ich sage euch, Kinder, er war rührend. Waschechter Idealismus; Romantik bis zur Todesverachtung; ein deutscher Jüngling in des Wortes vewegenster Bedeutung.«

»Na, und du?«

»Ich auch. Corpo di Bacco! Wer mir damals gesagt hätte: Brunnennymphen für amerikanische Barbaren – einfach niederschlagen! Julie, Sie sind ein Frauenzimmer – haben den angeborenen weiblichen Sinn fürs Praktische – Realsinn, Thatsachensinn – können das nicht verstehen.«

»O doch, doch!« protestierte Julie Sontag, die mit Ofterdingen in fortwährender Fehde über Weiblichkeit und Männlichkeit lag. »Ich glaub' sogar, Ihr Freund, der Professor, ist in diesem Punkt noch nicht älter geworden.«

»Sie haben recht!« rief Heinrich mit Wärme. »Und der da thut nur so. Im Grunde ist er gerade so unverbesserlich wie ich.«

»Leider, leider,« seufzte Ofterdingen und schenkte sich melancholisch ein neues Glas ein. »Die Dummheit liegt im Blute. Bei euch Gelehrten – meinetwegen. Aber wir? Warum können wir Deutschen nichts? Weil wir die Dinge immer anders sehen, als sie sind. Immer was hinzudichten; immer was hineinlügen. Wir sind zu gute Kerle.

Ich schwöre euch, diese Renaissance-Menschen – großartige Rüpel waren das!«

Palm stimmte eifrig zu. Busse sprang auf und schrie: »Die Romantik muß ausgerottet werden!« Jacobi sagte gähnend: »Prost!« Burger strich seinen schönen Vollbart und meinte, man solle der historischen Entwickelung ihren Lauf lassen. Heinrich erkannte, daß sein Stichwort gefallen war.

»Romantik kommt von Rom,« sagte er. »Gerade hier sollte man sie gelten lassen. Ich habe den Mut, mich zu ihr zu bekennen; ja, ich will sogar eine Rede auf sie halten.«

»Er ist auf der Hochzeitsreise, Kinder,« warf Osterdingen wie entschuldigend dazwischen.

»Unterbrich mich nicht! – Hier bei diesem Campagnawein, hier in dieser altehrwürdigen Schenke, hier in dieser heiligen Stadt – hier, wo die Romantik zu Hause ist, hier, wo ich ihr mit meiner Frau die Antrittsvisite mache – hier will ich ihr ein Loblied singen. Ihr wollt sie ausrotten? Ei, versucht es doch! Was ist denn euer ganzer Realismus als die alte Romantik im neuen Gewande? Ihr glaubt es nicht? Nehmt der Welt ihren Märchenduft, und wer wird sich noch eure Bilder ansehen, eure Statuen? Stellt dar, was ihr wollt; es wird nur etwas Rechtes sein, wenn ihr aus der Wirklichkeit ein Märchen macht, aus dem Märchen eine Wirklichkeit! Ihr sucht die Wahrheit; aber wenn ich träume, ist mein Traum denn nicht auch wahr? Wenn ich mich berausche, ist mein Rausch nicht wirklich? Die Romantik ist die große, gottgesandte Malerin, welche die graue Leinwand des Lebens mit himmlischen Farben schmückt. Was brauche ich nach Beweisen zu suchen? Grau in grau sind die Wände dieses denkwürdigen Lokals; aber wir möchten es nicht mit dem buntesten Thronsaal des Großmoguls vertauschen. Auf diese Wände zaubert unsre vom Wein befeuerte Phantasie in mächtigen Freskobildern den Inbegriff alles dessen, was uns der Name Rom bedeutet. Aus diesen finsteren Winkeln schweben die Geister der Kunst und der Weltgeschichte erhaben und doch vertraulich zu uns heran. Laßt uns diesen Zauber nicht verscheuchen; laßt uns mit der Sehkraft unsrer Begeisterung durch diese niedere Decke hindurch weit emporblicken in den frommen und doch so heiteren Himmel Rafaels. – Alle Wege führen nach Rom; alle Bahnen des Menschengeistes führen zur Romantik zurück. Rom ist nicht an einem Tage erbaut worden; aber in einer seligen Nacht kann es verstanden werden. So hat es sich uns allen einmal offenbart, und seitdem wandeln wir durch das Leben wie Mitglieder eines Geheimbundes. Wenn wir einander begegnen, erkennen wir uns gegenseitig an dem Widerschein des römischen Himmels, der in unsern Augen fortleuchtet. Rom hat uns vereinigt, noch ehe wir uns kannten von Angesicht. Und so hebe ich mein Glas voll dieses Nektars, der schon Horaz in Glut versetzte, und will es trinken auf die Wahrheit, die wir träumen, auf den Traum, der hier zur Wahrheit wird. Das schönste Märchen, das die Menschheit mit ihrem Herzblut gedichtet hat – das ewig lebendige Rom – es lebe!« –

Diese mit flammender Beredsamkeit gesprochenen Worte rissen auch diejenigen mit fort, welche wie Busse und Jacobi mit dem Inhalt nicht ganz einverstanden waren. Der Wein hatte bereits vorher die nötige Wärme erzeugt; der glückliche Trinkspruch brachte nun die Stimmung auf ihre Höhe. Ofterdingen umarmte Heinrich in seiner vierschrötigen Manier; Julie drückte ihm warm die Hand; auch Alice konnte ein Gefühl stolzer Genugthuung nicht verheimlichen. Es gab ein allgemeines Gläserklingen, von dem selbst die beiden Campagnolen in der Ecke wachgeklirrt zu werden schienen; wenigstens gaben sie Lebenszeichen von sich. Ofterdingen ging plötzlich mit der Flasche zu ihnen hinüber, füllte ihnen ihre leeren Gläser und sagte, sie sollten auf die Gesundheit von Rom eins mittrinken. Diese Liebenswürdigkeit machte die zwei Banditen vollends munter; mit dem Anstand geborener Kavaliere nahmen sie das Geschenk entgegen und schlürften gedankenvoll.

Als er zum Stammtisch zurückkehrte, wo sich mittlerweile ein geräuschvoller Disput über Romantik, Realismus, Impressionismus und andre »ismen« entsponnen hatte, wandte sich Alice zu ihm hin und fragte ihn, was er zur Verheiratung seines Freundes gesagt habe.

»Hab' mich riesig gefreut – selbstverständlich!« erwiderte er mit herzlichem Ton. »Bin ein fanatischer Anhänger der Ehe. Einzige menschenwürdige Existenz!«

»Warum machen Sie's ihm nicht nach?«

Er fuhr zusammen, als ob er einen körperlichen Schmerz empfinde. Doch sogleich hatte er sich wieder gefaßt und antwortete in seiner gewöhnlichen Art: »Ich hab' einer Frau nichts zu bieten. Marmor statt Brot – schwer verdaulich. Aber Sie trinken ja gar nicht . . .«

Das konnte nicht mißverstanden werden. Er wies ein weiteres Eingehen auf dieses Thema zurück. Alice glaubte nun ihrer Sache sicher zu sein. Er stand offenbar in nahen Beziehungen zu Fräulein Sontag. Die beiden hatten ja einander öfters in einer Weise angesehen . . . O, ein weibliches Auge täuscht man nicht! Und gerade daß sie fast gar nicht miteinander redeten, bestärkte sie. Diese zwei hatten wohl bessere Gelegenheit, sich auszusprechen . . .

Es reizte sie unwiderstehlich, darüber volle Klarheit zu gewinnen. Von neuem wandte sie sich an Ofterdingen und bat ihn flüsternd, ohne weitere Einleitung, ihr etwas von Fräulein Sontag zu erzählen.

Sie behielt ihn dabei scharf im Auge. Er zuckte mit keiner Wimper. »Was wünschen Sie von ihr zu wissen?«

»Wie kommt es, daß sie hier allein ist?«

Der Bildhauer sah sie verwundert an. »Allein? Wir sind doch auch hier.«

»Ich meine – ohne Familie, ohne Schutz.«

»Ihre Familie ist in Deutschland.«

»Und sie . . .?«

»Gehört zu den Menschen, die sich selbst beschützen.«

»Aber ich bitte Sie, ein junges Mädchen . . . Warum ist sie denn überhaupt allein nach Rom gekommen?«

»Um was zu lernen; um sich auf eigene Füße zu stellen.«

»Finden Sie das weiblich?«

Ofterdingen starrte ihr gerade in die Augen, so daß sie unwillkürlich den Blick niederschlagen mußte. »Warum soll's denn nicht weiblich sein, wenn ein Mädchen sich selbst ernähren will, statt andern zur Last zu fallen?«

»Hm! In unsern Kreisen findet man es nun einmal unpassend, daß eine junge Dame abends allein ausgeht.«

»In Ihren Kreisen? Ach, Sie haben wohl sehr viel Geld?«

»Wie kommen Sie darauf?«

»Da findet man's hauptsächlich unpassend, wenn jemand keins hat.«

»Erlauben Sie, verehrter Herr . . .« Alice konnte die ärgerliche Erwiderung, die sie auf der Zunge hatte, nicht anbringen. Jacobi, trotz seines Phlegmas ein eifriger Musikfreund, hatte von der Wand eine alte Guitarre geholt und präludierte unter allgemeinem Beifall. Darauf begann er, sich selbst begleitend, mit kräftigem Baß ein beliebtes neapolitanisches Volkslied. Alle, mit Ausnahme von Alice, stimmten munter in den Refrain ein, von der zweiten Strophe an auch die Campagnolen und bei der dritten sogar der Wirt und sein Gehilfe.

Heinrich schwelgte; er schlang den Arm um Alice: »Entzückend! Nicht wahr, entzückend?« – Sie dachte daran, daß sie heute Abend im Salon hatte singen sollen, und daß ihr Mann von ihrem kunstgeschulten Gesange nie so begeistert gewesen, wie von diesem ungeschlachten Brüllen. –

Die Gesichter glühten. Neue Flaschen wurden bestellt. Der Wirt, sein Gehilfe und die Bauern rückten heran und hörten vom Nebentisch aus mit heiteren Mienen zu, obwohl sie von der deutschen Unterhaltung keine Silbe verstanden. Heinrich, in übermütigste Laune versetzt, stieß mit ihnen an: »Alla salute di vostra bella patria!« Das vervollständigte die allgemeine Verbrüderung. Der Wirt ergriff selbst die Guitarre und gab mit einem etwas vertrockneten Tenor ein römisches Lied zum besten. Der Erfolg, den er damit erzielte, war so durchschlagend, daß er gerührt und feierlich eine staubbedeckte, versiegelte Flasche heranschleppte und fragte, ob er den hochzuverehrenden Herrschaften ein Glas von seinem Aeltesten kredenzen dürfe.

Die ganze Zeit über hatte es Ofterdingen bedrückt, daß er mit der Frau seines alten Freundes um ein Haar in Streit geraten war. Er hatte Heinrich von Herzen lieb und besorgte, das alte trauliche Verhältnis könne durch seine Schuld eine Trübung erfahren. Er wollte seine Grobheit auf eine überzeugende Weise wieder gut machen. Deshalb ergriff er – nicht ohne einige Ueberwindung – die Gelegenheit, ehe noch jemand den auserwählten Tropfen gekostet hatte, und zu allgemeinem Erstaunen begann er:

»Freunde! Ihr alle wißt, ich bin kein Redner. Ich selber weiß es sogar auch. Also sämtliche Schuld auf dessen Haupt, der mich gereizt hat. Mein alter Freund Heinrich Thoma – wer hätte ihm solche Hinterlist zugetraut? – er hat uns eingefleischte Realisten gezwungen, die Romantik leben zu lassen. Hm . . . Jawohl – niederträchtig! Aber das war ihm nicht genug. Er selbst hat ein romantisches Attentat auf uns verübt. Denn warum? Als unbeweibter Jüngling hat er uns vor zehn Jahren den Rücken gekehrt; als verheirateter Ehemann – pst, macht mich nicht irre! Verheirateter Ehemann ist ganz richtig – ist er mit seinem jungen Frauchen wiedergekommen. Er hat damit unsern Junggesellenbund gesprengt – schweigen Sie still, Julie; Sie sind auch ein Junggeselle! – ja, was sagte ich eben? . . . unsern Junggesellenbund gesprengt, und von der schwindligen Höhe seines Glückes sieht der Verräter mitleidig auf uns herab. Nun aber im Ernste! Alle Wege führen nach Rom; alle Hochzeitsreisen auch. Aber nicht jeder bringt seine Frau in solchem Geiste hierher, wie unser lieber und verehrter Freund. Wer das fertig kriegt, wer seine Liebste in seine eigene Kirche, an seinen eigenen Altar führen kann – na, der ist eben ein vermaledeiter Glückspilz. Und in diesem Sinne – oder auch nicht in diesem Sinne; denn das ist eine höchst abgeschmackte Redensart – wollen wir den ganz besonderen Saft des liebenswürdigsten aller Wirte – ich darf ihn loben; denn er versteht's ja doch nicht – wollen wir diesen Göttertrank ausleeren auf das Wohl des Professors und seiner Professorin!«

Alle hatten sich erhoben, auch die Italiener, welche zum mindesten begriffen, daß hier jemand gefeiert werden sollte. »Hoch! Evviva!« klang es durcheinander. Der Wirt spielte auf seiner Guitarre eine Art von Tusch. Man umdrängte das junge Paar in bacchantischer Stimmung. Ofterdingen, von der ungewohnten Anstrengung am ganzen Leibe zitternd, wollte über Alice hinweg mit Heinrich anstoßen. Dabei geriet er durch seinen hinter ihm stehenden Stuhl ins Stolpern, und während er, um nicht zu Falle zu kommen, mit der Linken nach der Stuhllehne griff, ergoß sich der ganze Inhalt

des in seiner Rechten befindlichen vollen Glases über Alicens helles
Kleid . . .

»Um Gottes willen! Geben Sie acht! Mein Kleid!« schrie Alice entsetzt. Aber es war schon zu spät. Ein breiter Rotweinstrom rann von
ihrer Taille bis zu ihren Füßen hinunter. Vor Schrecken gelähmt
sank sie zurück. Julie stürzte mit einem groben Scheuertuch herbei,
dem einzigen, das zu haben war, und trocknete und rieb aus Lei-
beskräften. Busse kam mit einem Salzfaß angerannt und meinte,
man müsse den Flecken sofort mit Salz bestreuen. Alice lehnte diesen Vorschlag schaudernd ab. Palm nannte die Adresse einer aus-
gezeichneten chemischen Reinigungsanstalt in Mailand. Burger
fragte, ob er der gnädigen Frau nicht auf den Schrecken einen
Schnaps bringen dürfe. Jacobi war der einzige, der das Ereignis mit
fatalistischer Ruhe hinnahm. Die Campagnolen bedauerten das
schöne Kleid, das in ihren Augen einen unermeßlichen Wert reprä-
sentierte; der Wirt und sein Gehilfe beklagten die kostbare, in den
Boden versickernde Flüssigkeit. Währenddessen stand der un-
schuldige Urheber dieser Schreckensscene ratlos da, wie ein Schul-
junge, der etwas verbrochen hat und nun seine Prügel erwartet.
Heinrich aber fand die ganze Gruppe so erschütternd komisch, daß
er in ein lautes, nicht endenwollendes Lachen ausbrach.

»Kinder,« rief er, als er wieder zu Atem gekommen war, »mir
thut nur leid, daß ich keinen Momentphotographen mitgebracht
habe. Ich hätte das Bild an einen Historienmaler verhandeln können
als Modell zu einer Sintflut oder einem Weltuntergang oder einer
Scene aus dem Tartarus. – Alice, ich bitte dich, tröste diesen Un-
glücksmenschen; ich fürchte, er stürzt sich sonst noch heute Nacht
in den Tiber.«

»Nein, das doch nicht!« protestierte Ofterdingen, der inzwischen
seinen Humor wiedergefunden hatte. »Du weißt, vom Wasser bin
ich kein Freund, und speziell im Tiber – da sind mir zu viel Heiden
ersoffen.«

Alice wehrte Juliens weitere Bemühungen mit sanftem Nachdruck ab und versuchte zu lächeln. Heinrich streichelte ihr besorgt
die Wangen. »Bist erschrocken, mein Herzchen? Aber jetzt ist die
Sache erledigt, nicht wahr? Was liegt an dem Kleid? Wir lassen ein
neues machen; wenn du willst, genau dasselbe noch einmal. Und

das hier heben wir zur ewigen Erinnerung auf – in einem wundervollen Glaskasten.«

Sie gab ihm nur mit einem fast unmerklichen Kopfnicken Antwort. Er drang darauf, daß alle ihre Sitze wieder einnahmen, und versuchte mit dem ganzen Aufgebot seiner Munterkeit die abgerissene Feststimmung frisch anzuknüpfen. Es wollte ihm nicht recht gelingen, obwohl ein lautes Gespräch bald wieder im Gange war. Die Campagnolen hatten sich an ihren Platz im Winkel zurückgezogen und versanken in ihre alte Lethargie. Der Wirt und sein Gehilfe waren hinterm Schenktisch verschwunden. Jacobi konnte nur durch periodisch wiederkehrende Seitenstöße seines Nachbars Busse am Einschlafen verhindert werden. Alice hatte über das befleckte Kleid ihren Abendmantel gedeckt und beteiligte sich mit nervöser Absichtlichkeit an der Unterhaltung lebhafter als zuvor; nur mit Ofterdingen wechselte sie kein Wort mehr. Dieser mahnte endlich selbst zum Aufbruch. Er müsse morgen wieder früh an der Arbeit sein, und es gehe auf Mitternacht.

Niemand widersprach. Nur Heinrich sagte: »Also ein solcher Philister bist du geworden!«

»Man wird alt. Uebrigens auch für deine Frau . . .«

»O, die ist von Berlin her an langes Aufbleiben gewöhnt. Nicht wahr, Alice?«

»Ja,« erwiderte sie tonlos.

Man zahlte die Zeche und die ganze Gesellschaft verließ gleichzeitig das Lokal.

Als sie in die laue Herbstnacht hinaustraten, entrang sich ein unwillkürliches »Ah!« ihren Lippen. Der Mond, dem zur vollen Rundung nur noch das äußerste linke Streifchen fehlte, war beinahe zum Zenith emporgeklommen und überflutete die enge Gasse mit seinem scharfen, weißen Licht. Gewissenhafter als die hellste nordische Mittagsonne meißelte er die Konturen der Dächer, die Vorsprünge und Simse der Fassaden, ja sogar die Formen der Menschengesichter heraus. Die paar Laternen gaben von vornherein jeden Wettkampf mit diesem übermächtigen Lichtstrom verloren und flackerten um so erbärmlicher im Gefühl ihrer irdischen Unzulänglichkeit. Julie aber meinte scherzend, der alte Intimus der Romantiker sei heute nur deshalb in solcher Pracht erschienen, um sich bei dem Lobredner seiner Gilde zu bedanken.

Heinrich erwiderte nichts; jedoch seine Augen leuchteten, und die Blicke, die er zu dem freundlichen Gestirn emporsandte, schienen zu sagen, daß hier noch ganz andre, zartere, persönlichere Beziehungen obwalteten. Er legte den Arm traulich um Alicens Schulter und deutete mit schweigendem Lächeln nach oben.

Ofterdingen verstand ihn. »Was gilt die Wette,« sagte er, »daß du jetzt deine Frau ins Kolosseum führen willst?«

»Erraten. Sie soll es genau so kennen lernen, wie ich es kennen lernte – damals.«

»Ein raffinierter Feinschmecker, dieser Professor,« rief Burger.

Heinrich fragte aus Höflichkeit, ob niemand sie begleiten wolle.

»Aber Mensch, wo hast du denn derlei Ceremonien gelernt?! Sag doch lieber: Ich wünsch' euch jetzt zu allen Teufeln!«

Trotzdem Heinrich protestierte, erklärten auch die übrigen, sie seien keine solche Banausen, um einem jungen Paar den Eindruck des feierlichen Schauspiels durch ihre Anwesenheit zu verkümmern.

Man war am Ende der Gasse angelangt, dort, wo sie in die Via Tor' de' Conti einmündet. Ofterdingen streckte Alice herzlich die Hand hin, die sie annahm, ohne ihren Druck zu erwidern. Dann trat Heinrich einen Schritt näher auf ihn zu und sprach leise: »Weißt du noch, was ich an jenem Abend zu dir sagte?«

»Ob ich es weiß . . . du Glücklicher!«

Man verabredete, bald wieder zusammenzutreffen, und trennte sich. Während die übrigen in die breite Via Cavour einbogen, schritt Heinrich mit Alice, die sich an seinen Arm gehängt hatte, der wohlbekannten Kolosseumstraße zu. –

In dieser auch am Tage nicht übermäßig belebten Stadtgegend, an der Scheide zwischen dem modernen und antiken Rom, war es jetzt so still und menschenleer, daß sie das Echo ihrer Tritte deutlich vernehmen konnten. Es klang, als hätten sie eine unsichtbare Begleitung, die bald näher, bald ferner ihnen folgte. Der Mond schwebte wie ein himmlischer Führer voran und schien silberne Brücken zu schlagen, auf denen frei emporzuwandeln er die bevorzugten Sterblichen einlud.

Auch jetzt tauschten die beiden kein Wort miteinander. Heinrich wußte, daß es einen Stimmungszauber gibt, dem die menschliche Sprache nicht gewachsen ist, den sie mit ihren plumpen Allgemeinheiten nur zerstören kann. Er glaubte auch Alice von diesem Stimmungszauber ergriffen. Wie konnte es anders sein? Nun sollte sie ja zum erstenmal sehen, was er so oft während des Brautstandes ihr mit den glühenden Farben der Sehnsucht und Begeisterung geschildert hatte. Und wie glücklich traf es sich, daß der Abend in der Osteria vorausgegangen war! Dort hatte sie die geistige Luft atmen können, die zur Aufnahme großer und reiner Eindrücke befähigt; dort war sie ihrem gewohnten Anschauungskreis weit entrückt worden, und nichts stand mehr zwischen ihnen; nichts konnte ihre Seelen verhindern, in einen starken, nachhaltigen Akkord zusammenzuströmen. . . .

Noch ein paar Schritte . . . da lag es vor ihnen, das Riesendenkmal eines riesenhaften Zeitalters, breit, hoch und trotzig ihnen entgegenragend wie eine nicht von Menschenhänden, sondern von der Natur selbst emporgetürmte Scheidewand zweier Welten. Der ihnen zugekehrte Teil des ungeheuren Rundbaues lag in tiefem Schatten, und je mehr die architektonischen Einzelheiten sich in der Finsternis verbargen, desto wuchtiger und massiger fielen die Größenverhältnisse des Ganzen ins Auge. Nur durch die oberen Reihen der Fensterwölbungen sah man in den hellen, silberverklärten Nachthimmel hinein, und dieser Gegensatz von starrem Dunkel und lauterem Licht täuschte so völlig über die Ruinenhaftigkeit des Baues fort, daß die sinnfällige Wirkung nicht erst die Erinnerung an zwei Jahrtausende zu Hilfe rufen mußte, um die Phantasie zu betäuben.

Vor den Resten des umfangreichen Mauersockels, der einst die goldene Statue des Nero getragen, standen sie eine Weile regungslos da. Aus weiter Ferne schlug es von verschiedenen Turmuhren

Mitternacht; leises Hundegebell tönte als Antwort darauf von den angesiedelten Teilen des Esquilinabhanges herüber. Das waren die einzigen Laute, die für kurze Zeit das fast gespenstische Schweigen unterbrachen.

»Komm!« flüsterte Heinrich kaum hörbar. Sie folgte ihm willenlos, fester als bisher auf seinen Arm gestützt. Er fühlte, wie ein Zittern ihren ganzen Körper überlief. Und jetzt . . .

Sie überschritten den öden Platz und traten durch einen der mächtigen Haupteingänge in das Innere. Vom hellsten Mondglanz übergossen, dehnte sich das unermeßlich weite Rund vor ihnen aus, mehr einem erstarrten Krater dieses selben Mondes gleichend, als einem Menschenwerk der Erde. Je näher sie zur Mitte der Arena gelangten, desto weiter schienen die umgrenzenden Mauern nach allen Seiten zurückzuweichen – in Entfernungen, die das Auge nicht mehr abzuschätzen vermochte. Die halb oder ganz zerstörten Sitzreihen mit den unzähligen Eingängen, Treppen und Verbindungswegen bis hinauf zu den äußersten Mauerzacken – dies alles wirkte wie groteske Felsbildungen eines Rundgebirges, wie eine uneinnehmbare Burg der Cyklopen. In geisterhaftem Halbdunkel thaten sich Schluchten und Abgründe von ungewisser Tiefe vor ihren Füßen auf – dort, wo einst die unterirdischen Käfige der wilden Tiere dicht neben den Gelassen ihrer unglücklichen Opfer sich befunden hatten. Keine vollständigere Einsamkeit war denkbar; im Anblick dieser umringenden, abschließenden Steinwände mußte der Einbildungskraft das Gedächtnis an die lebendige Stadt, ja sogar an die bewohnte Erde entschwinden. Zwei Menschen standen weltabgeschieden, als wären sie das einzig Geschaffene, das einzig Erkennende, der kahlen, toten Ewigkeit gegenüber.

In diesem Augenblick hatte Heinrich in der That den Glauben, daß es außer ihm nur noch ein lebendes Wesen auf der Welt gebe – sie, deren Atem er hörte, deren Arm er weich in dem seinigen ruhen fühlte. Alle Qualen der Einsamkeit, die er vordem gelitten, alle heiße Sehnsucht nach einem verstehenden, mitempfindenden, mitgenießenden Herzen, die ihn gerade an dieser Stelle zuerst so machtvoll ergriffen – sie flammten wie Feuermale der Erinnerung in ihm empor. Ja, für ihn, für ihn gab es nur noch eine einzige Seele unter allem, was da lebt; jetzt oder nie mußte diese Seele mit der seinigen verschmelzen.

Und als er nun voll inbrünstiger Hoffnung in ihr mondbeschienenes Antlitz blickte, da bemerkte er, wie große, helle Thränen aus ihren Augen hervorbrachen und gleich silbernen Tautropfen über ihre Wangen niederrannen. Er wäre am liebsten auf die Kniee gesunken vor Glück. Kein Zweifel mehr: nicht umsonst hatte er gehofft und geharrt. Sie war überwältigt; alles Kleinliche in ihr war durch das Erhabene besiegt und vernichtet; diese große Stunde schenkte ihm die Seele seines Weibes; an dieser Stätte feierte er die wahre, die geistige Vermählung. Auch seine Augen wurden feucht. Er zog sie an seine Brust wie ein schüchterner Bräutigam und sprach mit bebender Stimme ihren Namen. . . .

Da begann sie plötzlich laut zu schluchzen.

War das nur ein Ausbruch der Erschütterung? – Sie weinte immer heftiger. Er begann besorgt zu werden.

»Alice, was ist dir?«

Mit thränenerstickter Stimme erwiderte sie: »Was mir ist? . . . Kannst du noch fragen? . . .«

»Aber so rede doch nur: Was hast du? . . . Fehlt dir etwas?«

Sie versuchte sich zu sammeln und trocknete hastig ihre Augen. »Ach, du hast ja doch kein Verständnis dafür.«

»Ich – kein Verständnis – für dich!«

»Hab' ich es dir nicht gleich gesagt?« brachte sie ruckweise, stammelnd, nach Atem ringend, hervor. »Aber du wolltest ja durchaus nicht hören. Ich mußte es anbehalten . . . und nun ist es ruiniert – mein bestes Kleid, das einzig anständige, das ich mit mir habe. Noch nicht dreimal hab' ich's angehabt! Wenn Mama erfährt . . .«

Neu hervorbrechendes Schluchzen hinderte sie, den Satz zu beenden.

Hätte der Himmel sich gespalten und einen feurigen Regen herniedergesandt; hätte die Erde sich geöffnet und den ganzen gewaltigen Bau in sich hinabgeschlungen, solche Ereignisse wären in ihrer Wirkung auf Heinrich nicht elementarer gewesen, als diese wenigen Worte seiner Frau. Wie von einem wuchtigen Stoß getroffen, war er ein paar Schritte zurückgeprallt und tastete nun mechanisch mit den Händen nach irgend einem Stützpunkt; denn er fürchtete umzusinken. Alles verschwamm vor seinen Blicken; er verlor für einige Sekunden das Bewußtsein der Situation so gänzlich, daß er sich erst gewaltsam zusammenraffen mußte, um zu begreifen, wo er sich befand, und was ihm geschehen war.

Das also war der große Moment, den er seit so vielen, vielen Jahren herbeigesehnt, in dem sich all seine Vorstellungen von Glück und Daseinsrausch vereinigt hatten! Das also war die festliche Stunde, auf die er gebaut hatte in allen kleinen Enttäuschungen der letzten Monate, in allen peinvollen Zweifeln der letzten Tage! Das also – das! – Die Thränen, die er einer überwältigten Empfindung für das Große zugeschrieben, sie galten einem Rotweinfleck; die stumme Feierlichkeit, die er auch bei ihr vorausgesetzt, die er nicht durch einen Laut hatte stören wollen, sie war nichts andres gewesen als der verhaltene Schmerz über ein verdorbenes Kleid! Während er mit Zuversicht auf eine gemeinschaftliche Hingabe an das Ewige gerechnet hatte, war sie haften geblieben an dem Vergänglichsten, an dem Armseligsten . . . ! Das Kolosseum und der Weinfleck! Diese absurde Gegenüberstellung konnte er nie mehr aus seinem Gedächtnis verlöschen – das fühlte er – nie mehr, und wenn er hundert Jahre alt würde. Noch vor einer Minute hatte er geglaubt, er sei mit ihr zusammen allein auf der Welt. Jetzt aber durchzuckte ihn eine furchtbare, unabwendliche Gewißheit: er war allein – ganz allein! – –

Alice hatte inzwischen abermals ihre Thränen getrocknet, ihr feuchtes Taschentuch aufgeregt zwischen den Händen zusammengeballt, und in einem Ton, der unverkennbar ihre Entschlossenheit verriet, sich einmal gründlich Luft zu machen, begann sie: »Ist dir das wirklich so überraschend, daß ich heute nicht mehr in der rechten Stimmung bin, um mir etwas anzusehen? Ich kann mich nicht verstellen und will's auch nicht. Warum sollen deine Empfindungen berechtigter sein als meine? Du thust natürlich, als wäre so etwas nicht der Rede wert, eine Lächerlichkeit, eine Bagatelle, daß ich jetzt nichts Ordentliches anzuziehen habe. Frage in der ganzen Welt herum, ob es irgend eine Dame gibt, die so etwas kalt läßt! Du willst, daß wir noch wochenlang hier bleiben; hier in Rom bekomme ich nichts Vernünftiges, das hab' ich schon gesehen, und bis ich mir was von Berlin schicken lasse – über die Zollgrenze – das dauert eine Ewigkeit. Ich weiß einfach nicht, was ich anfangen soll. Mama wäre außer sich; sie hat den Stoff selbst mit mir ausgesucht, und alle waren entzückt davon.... Und schließlich – daß man standesgemäß angezogen geht, das ist doch gerade so wichtig wie das graue Altertum und die Romantik. Ich bin lebendig; ich bin deine Frau; du hast mir geschworen, daß du mich liebst, und daß du mich glücklich machen willst ... und seit wir in Rom sind – ja, ich will es dir jetzt nur sagen; ich habe mich nicht umsonst davor gefürchtet – seit wir in Rom sind, habe ich Tag für Tag gesehen, daß du mit mir unzufrieden bist, daß ich dir nichts recht machen kann, daß dir Rom wichtiger, viel wichtiger ist als ich. Und dabei soll ich noch Sinn haben für diese abscheuliche Stadt, die uns immer mehr voneinander trennt, die dich mir gegenüber so verwandelt hat, die mir deine Liebe gestohlen hat – ja, deine Liebe gestohlen – wenige Wochen nach unsrer Hochzeit! Ich hasse sie! Unausstehlich ist sie mir!«

Sie hatte sich so in Eifer geredet, daß trotz dem bleichen Mondlicht das heiße Rot ihrer Wangen sichtbar hervortrat. Heinrich stand vor ihr, ohne sich zu rühren. Alles, was sie sagte, war richtig – wenigstens für sie richtig. Er hatte nichts darauf zu erwidern. Und so fragte er nur mit trauriger Gelassenheit: »Was also willst du, daß geschehen soll?«

»Fort will ich von hier – nach Hause will ich – wo du wieder mir gehörst, mir allein.«

»Und deiner ganzen Familie,« wollte er erwidern. Aber er unterdrückte das Wort, das er schon auf der Zunge hatte. »Was würde es auch helfen?« dachte er; »hier ist nichts mehr zu retten.«

Leidenschaftlich schlang sie die Arme um seinen Hals und wiederholte dringender: »Heinrich, wenn du mich nur noch ein wenig lieb hast, dann laß uns fort von Rom ...!«

Fort von Rom. Fort von dem Besten, was er besaß. Und vielleicht auf immer! Doch sie hatte recht. Er fühlte, daß er nach dieser Stunde zu dem gleichen Entschluß gekommen wäre, auch wenn sie ihn nicht darum gebeten hätte. Von einem längeren Aufenthalt war nichts mehr für ihn zu erwarten. Er konnte nur noch mehr verlieren,

als er schon für alle Zeit unwiederbringlich verloren hatte. Also fort
– fort von Rom.

»Wir reisen morgen Nachmittag,« gab er ihr nach kurzem
Schweigen zur Antwort.

»Ach, wie ich dir dankbar bin! Gleich morgen früh telegraphier'
ich an Mama. Wie wird das gute Muttchen sich freuen!«

»Ja freilich,« erwiderte er gedankenlos. Dann bot er ihr den Arm:
»Und nun komm, es ist spät.«

Ohne sich noch einmal umzuschauen, verließ er an ihrer Seite das
Kolosseum.

Am andern Morgen hatte Ofterdingen in seinem schmucklosen
Studio gerade eben die einhüllenden feuchten Tücher von dem
Thonmodell seiner Brunnennymphe vorsichtig weggenommen und
sich bald seufzend, bald pfeifend an die Arbeit begeben, als an die
Thüre geklopft wurde. Da er gewohnt war, wenn er arbeitete, sich
einzuschließen, so legte er ein wenig ärgerlich über die unerwartete
Störung sein Modellierholz fort, ging zur Thüre, öffnete und entdeckte zu seiner größten Ueberraschung, daß sein Freund Heinrich
auf der Schwelle stand.

»Du hier?! Das ist Verräterei, Ueberrumpelung, Gewaltthat. Hab'
ich mir nicht ausdrücklich verbeten . . . ? Halt! Nur über meine Lei-
che geht der Weg. Keinen Schritt weiter, bevor ich meine Mißgeburt
wieder eingewickelt habe.«

Er schlug ihm die Thür vor der Nase zu, hüllte in aller Eile die
unvollendete Figur wieder in die eben beseitigten Tücher und öffnete dann von neuem: »So – jetzt magst du meinetwegen hereinkom-
men. Was willst du denn hier in aller Herrgottsfrühe, du verdrehter
Deutscher? Hm? Ich versichere dir, es ist nichts hier zu sehen. Oder
richtiger: es ist nichts aus mir geworden – gar nichts. So, nun weißt
du's. Und nun kannst du auch Platz nehmen, wenn du einen fin-
dest. Willst du eine miserable Cigarre? Lieber nicht.«

Heinrich ließ mit melancholischem Lächeln diesen Wortschwall über sich ergehen und benutzte die Gelegenheit, sich umzublicken. In der That, es war hier nichts zu sehen als einige ihm schon aus früherer Zeit bekannte Werke seines Freundes – in verstaubten Gipsmodellen. Im übrigen ein völlig kahler Raum, nur mit dem nötigsten Gerät des Handwerks ausgestattet, dem Fenster gegenüber ein verschossener Kattunvorhang, der wohl einen Alkoven bedeckte, und die einzige Sitzgelegenheit außer einem dreibeinigen Schemel, auf welchem der Bildhauer selbst sich egoistisch niedergelassen hatte, eine große Kiste. Auf dieser richtete der Besucher sich ein, so gut es gehen mochte, und sagte dann mit einem eigentümlich müden Ausdruck: »Ich hätte dein Verbot nicht übertreten. Aber ich wollte doch nicht abreisen, ohne dir lebewohl zu sagen.«

Ofterdingen sprang auf, eilte zu ihm hin und faßte ihn bei den Schultern: »Lebewohl? Abreisen – du – ihr? Was ist denn das für 'ne heillose Kateridee? Warum denn? Weshalb denn? Kaum angekommen – kaum daß man den dummen alten Kerl mal wieder hat, sich aussprechen möchte, sich … ach, nun ja! Aber was ist denn über Nacht passiert? Gestern sagtest du, ihr bliebt noch mindestens einen Monat, und heute …«

Heinrich beschrieb mit seinem Regenschirm allerlei Schnörkel auf dem Fußboden, um dem Freund nicht in die Augen sehen zu müssen, während er log.

»Ein Telegramm; eine Nachricht von zu Hause, die meine Frau zurückruft …«

»O jerum! Doch nichts Schlimmes?«

»Ich hoffe, nicht.«

Ofterdingen rannte mit großen Schritten auf und ab, wie ein wildes Tier im Käfig.

»Höllische Verschwörung gegen mich! Komplott aller Satanasse! – Wir zwei … wenn man das Beste miteinander erlebt hat, Jahre, wo man noch hoffen durfte, noch was von sich halten … und dann ist man mal wieder beisammen und glaubt, es fängt vielleicht wieder an, wo's damals aufgehört hat … Aber Unsinn! Nichts im Leben fängt wieder an. Was vorbei ist, das ist vorbei – aus – zu Ende; Asche darüber, Grabdenkmal drauf!«

»Was willst du damit sagen? Du zweifelst doch nicht etwa . . .«

Jener hielt in seiner aufgeregten Wanderung inne und trat dicht an Heinrich heran.

»Bei Lichte besehen – es ist ganz gut, ganz gut, daß du weggehst. So scheiden wir wenigstens noch mit 'ner schönen Illusion: wie schön wär's geworden, wenn . . .! Das ist gar nicht zu verachten.«

»Nur eine Illusion, glaubst du? Nichts weiter?«

»Alter Junge, warum sollen wir uns was vormachen? Deine Frau – nun ja, ich gefalle ihr nicht. Weiß Gott, ich mache ihr keinen Vorwurf draus. Vielleicht ganz guter Geschmack von ihr. Thatsache jedenfalls: sie kann mich nicht leiden, und . . .«

Mühsam brachte Heinrich hervor: »Wenn ihr euch erst näher kennen würdet . . .«

»Würde nichts draus werden, mein Alter; verlaß dich drauf. Ich bin abergläubisch. Die Geschichte mit dem Weinfleck – das ist so eine Art von Klecks . . . so ein richtiger, gemeiner, symbolischer Klecks.«

»Aber Mensch,« schrie Heinrich entsetzt, »du wirst doch nicht so wahnsinnig sein, zu glauben, daß unsre alte, treue, erprobte Freundschaft . . .«

»I bewahre! Du bleibst mir weiter gut und ich dir; selbstverständlich. Aber du hast jetzt eine Frau; ihr liebt euch; ihr gehört einander; du bist mit ihr hergekommen, du gehst mit ihr wieder fort . . . und im übrigen . . . helfen kannst du mir ja doch nicht.«

Heinrich fuhr von seinem Sitz empor und umklammerte mit beiden Händen die Rechte des Freundes.

»Ich kann dir nicht helfen? Ich will dir aber helfen, hörst du, ich will. Du leidest; du bist verzagt, niedergeschlagen, verbittert . . . Ist es nur deine thörichte Geringschätzung der eigenen Kraft? Nur die Verstimmung, weil dein Name noch nicht durchgedrungen ist? Oder was ist es sonst? Hast du denn kein Vertrauen mehr zu mir? Weißt du nicht, daß ich mit tausend Freuden alles thun würde . . .?«

Mit keuchendem Atem sank Ofterdingen auf den Schemel vor seiner Arbeit nieder und schlug sich mit geballten Fäusten gegen die Stirn. »Ich bin bankerott – ganz und gar bankerott.«

Heinrich fuhr ihm mit sanfter Hand über das buschige Haupthaar, wie einem kranken Kinde. »Du versündigst dich. Hast du nicht Jugend, Gesundheit, Talent? Mit diesem Kapital in der Tasche ist man nicht bankerott. Arbeite, und auch der Erfolg, der Ruhm wird zuletzt nicht ausbleiben. Was verlangst du mehr?«

»Was ich verlange?« rief er mit trotzig herausforderndem Ton, als stünde er der Weltregierung gegenüber. »Das Glück verlang' ich, das Glück! Was ist denn sonst die ganze elende Komödie wert? Aber es ist mir versperrt, verriegelt, verrammelt. – Da! Da!«

Er war emporgeschnellt und zog mit einem wilden Ruck den verschlossenen Vorhang auseinander.

Der schmale Alkoven, der nun frei lag, enthielt die ärmliche Schlafstelle, und über derselben hing das wohlgetroffene Reliefporträt von Julie Sontag. – –

Lange blickte Heinrich unbeweglich auf das feingeschnittene, zarte und doch energische Profil, eingerahmt von dem glatt zurückgestrichenen Haar. Wie ernst, rein und selbstsicher waren diese Züge! Wie vertieft und herzlich ihre Wiedergabe durch den Künstler!

»Du liebst sie?« fragte er leise.

»Unsinnig, abgöttisch und – hoffnungslos.« –

»Warum hoffnungslos? Warum?«

Der Bildhauer brach in ein unheimliches, heiseres Lachen aus. »Warum? – Weil ich kein Schuft bin, kein gottverfluchter Halunke!«

»Aber so heiratet euch doch!«

»Famoser Vorschlag. Hat nur einen kleinen Haken. Das wäre nämlich die größere Schurkerei. Soll ich diesen freien, unabhängigen Menschen hineinziehen in meine Misere? Wovon leben, was? Wovon leben? Von dem Sündengeld für die künstlerische Prostitution da werd' ich grad meine dringendsten Schulden bezahlen können. Oder soll ich darauf spekulieren, mich von ihr ernähren zu lassen? Sie verkauft ab und zu ein Bildchen. Auch so eine Art von Mitgift, was? Hättest du so etwas über dich gebracht?«

»Nein, das nicht.«

»Wie sie jetzt dasteht in der Welt, so fest, so stolz, so auf ihren eigenen gesunden Füßen! Das ist ein ganzer Kerl, sag' ich dir. Alles in großen Linien! Wenn man die leben sieht, dann glaubt man ernsthaft, es gäbe gar nichts Ordinäres; nicht vorhanden; nicht denkbar! Dann kommt man sich selbst anständiger vor. Und daraus soll ich eine Hungerleiderin machen, eine Ehestandsmagd, die Windeln wäscht, Schreihälse in den Schlaf wiegt und Pfennige zusammenkratzt! Ein niederträchtiger Lump müßt' ich ja sein!«

»Aber was soll daraus werden?«

»Richtige Professorfrage! Keiner weiß, ob er morgen lebt oder tot ist – und was aus so etwas werden soll?! Elend werden wir sein – alle beide – so oder so.«

Vergebens suchte Heinrich nach einer Erwiderung, einer Widerlegung. In seinem eigenen Inneren sah es heute zu trostlos aus, als daß er hier eitle Trostgründe zu finden vermocht hätte. Ofterdingen hatte sich auf die Bettkante gekauert und starrte vor sich hin. So vergingen einige Minuten in Schweigen.

»Siehst du nun ein, daß du mir nicht helfen kannst?« sagte der Bildhauer endlich mit gepreßter Stimme. »Kameradschaft, Jugendfreundschaft, hübsche Dinge das. Aber wenn die großen Schicksale kommen, die Scheidewege, die Lebenskämpfe – dann ist nicht mehr viel damit zu machen; dann steht jeder für sich allein. – Ich war der Pechvogel, du das Glückskind; ich habe die Niete gezogen und du den Treffer. Geh und überlaß mich meinem Neide.«

In Heinrich schoß der Gedanke auf: Jetzt wirst du ihm dein Herz ausschütten; jetzt wirst du ihm alles erzählen! In der nächsten Sekunde sah er die Unmöglichkeit einer solchen Beichte ein. Durfte er sie anklagen, die er selbst freiwillig auserkoren, mit der er fortan sein ganzes Leben zu teilen hatte? Auf der Hochzeitsreise über seine Enttäuschung, seine Ernüchterung jammern? Ja, hier stand auch er an der Grenze der Freundschaft. Ehre und Manneswürde geboten ihm, nach außen hin seine Ehe vor jedem Zweifel zu bewahren; alles andre hatte er mit sich selber auszufechten.

»Du bist doch glücklich? Hast doch allen Grund, es zu sein?«
fragte Ofterdingen mit Nachdruck.

»Ja, ich bin sehr glücklich,« erwiderte er und wunderte sich dabei,
wie glatt ihm das von den Lippen ging. »Ich kann dir nur aus in-
nerstem, wärmstem Herzen wünschen, daß auch du . . .«

»Weiß schon! Weiß schon! – Wollen es uns nicht schwer machen.
Ich hab' zu thun; du hast jedenfalls auch noch zu packen. – Leb
wohl!«

Heinrich stammelte noch einige Worte von frohem Wiedersehen,
von seiner stetigen Hilfsbereitschaft, seinen unveränderlichen Ge-
sinnungen. Sie umarmten sich und hielten sich lange umschlungen;
denn beide empfanden, daß dieser Abschied auch eine Trennung
war.

Als Heinrich die enge, holperige Steintreppe hinabgestiegen war,
lehnte er sich in dem dunklen Hausflur an den untersten Pfosten
des Geländers und weinte bitterlich.

* * *

Zwischen Heinrich und Alice gab es keine Auseinandersetzung
mehr. Er bewies in den letzten Stunden vor der Abreise ihren kleinen Wünschen die galanteste Willfährigkeit, und wenn ihr trotzdem
seine Kühle nicht verborgen bleiben konnte, so hoffte sie, in der
Heimat, in der Häuslichkeit alles wieder auszugleichen. Dort, in
den gewohnten Kreisen des Daseins, in der behaglichen Umgebung
und in dem ständigen Verkehr mit den Ihrigen würde er gewiß
allmählich so werden, wie sie ihn wünschte. Er war ja eigentlich nur
ein großes Kind, und wenn man es recht verstand, ließ er sich um
den Finger wickeln.

Mama durfte natürlich von den wahren Ursachen der vorzeitigen
Rückkehr nichts erfahren. Sie wollte ihr, wie der ganzen Familie,
den römischen Aufenthalt in den sonnigsten Farben schildern und
versichern, daß sie beide nur infolge des wachsenden Heimwehs
sich zu einem früheren Aufbruch entschlossen hätten. Heinrich
versprach, sie darin zu unterstützen; denn da er die Freudigkeit
verloren hatte, so suchte er wenigstens den Frieden.

So schnell war der Traum zerstoben. So bald hatte die Romantik versagt. Und die traumlose Wirklichkeit dehnte sich vor ihm aus wie eine weite, einförmige Steppe. Nichts Geheimnisvolles mehr darin, nichts Verschleiertes, nichts Unberechenbares. Es war alles genau zu übersehen – bis an das Ende.

Die vier Berliner Familien – die vierte war am Abend vorher richtig eingetroffen – ließen es sich nicht nehmen, dem jungen Paar vom Hotel zu dem benachbarten Bahnhof nachzufolgen. Es war eine kleine Karawane. Auf dem Perron angelangt, umringten sie in malerischem Halbkreis das Coupé und vermehrten das zahlreiche Handgepäck noch durch eine stattliche Kollektion von Blumensträußen. Man war äußerst heiter, gesprächig und witzig, gab den Scheidenden allerlei Grüße und Aufträge mit und hoffte, sie, wenn man selbst heimgekehrt sei, recht bald zwanglos bei sich empfangen zu dürfen.

Das Signal ertönte. Händeschütteln, Abschiedsrufe, Tücherschwenken, und der Zug setzte sich langsam in Bewegung. Er rollte dröhnend am Tempel der Minerva vorüber und verließ das Weichbild der ewigen Stadt, um die Hochzeitsreisenden in die Heimat zurückzuführen – wieder zwei Menschen mehr, welche die lange, lange Lebensfahrt Seite an Seite unternehmen, ohne zu einander zu gehören.

Eigene Buchreihe oder eigenen Verlag gründen

Seit 2009 bietet tredition sein Verlagskonzept auch als sogenanntes "White-Label" an. Das bedeutet, dass andere Unternehmen, Institutionen und Personen risikofrei und unkompliziert selbst zum Herausgeber von Büchern und Buchreihen unter eigener Marke werden können. tredition übernimmt dabei das komplette Herstellungs- und Distributionsrisiko.

Zahlreiche Zeitschriften-, Zeitungs- und Buchverlage, Universitäten, Forschungseinrichtungen u.v.m. nutzen diese Dienstleistung von tredition, um unter eigener Marke ohne Risiko Bücher zu verlegen.

Alle Informationen im Internet: **www.tredition.de/fuer-verlage**

tredition wurde mit mehreren Innovationspreisen ausgezeichnet, u. a. mit dem Webfuture Award und dem Innovationspreis der Buch Digitale.

tredition ist Mitglied im Börsenverein des Deutschen Buchhandels.

Dieses Werk elektronisch lesen

Dieses Werk ist Teil der Gutenberg-DE Edition DVD. Diese enthält das komplette Archiv des Projekt Gutenberg-DE. Die DVD ist im Internet erhältlich auf **http://gutenbergshop.abc.de**